5
全力回避
フラグちゃん!
ZENRYOKUKAIHI
FLAGCHAN!

「アンタにも負けないわ。モブくんはアタシのものよ！」
「！」
「モブくんを賭けて――フラグ回収の、勝負を挑むわ！」
失恋フラグ
SHITSUREN FLAG
死神No.51。
とあるきっかけからモブ男に恋をしてしまい、
フラグちゃんをライバル視する。

強力ライバル（？）登場！
死亡フラグちゃん
SHIBOU FLAGCHAN
死神No.269。
落ちこぼれの死神。
立派な死神になることとモブ男への
想いに揺れる。

本音トークのお風呂……？
「間近で見ると……
ほ、本当に大きいですね……」

「だ、大丈夫。直してみるから」

「ぴえん……ごめん、れんれん」
恋愛フラグがちょっぴり苦手な相手……？

CONTENTS

RYOKUKAIHI FLAGCHAN!

全力回避フラグちゃん！ 3

壱日千次
原作：Plott、biki

MF文庫J

口絵・本文イラスト●さとうぽて

一話　新たなフラグが登場したらどうなるのか？

――仮想世界。

天界の最高指導者・神様がつくった修行場だ。

ここに入った天使や死神は、練習用プログラム『モブ男《お》』が立てる様々なフラグを回収する。

先日フラグちゃん、生存フラグは、恋愛フラグが用意したファンタジー風の仮想世界に閉じこめられ、悪戦苦闘《あくせんくとう》の末に脱出した。

その半月後から、今回の物語は始まる。


モブ男が街を歩いていると……背後の電柱の影から、彼を見つめる少女がいた。

「今日もかっこいいわ……モブくん♥」

頬《ほお》が染まり、目にはハートマークが浮かんでいる。服はブラウスに、ショートパンツ型のサロペット。

容姿はかなり特徴的だ。両目が別の色の、いわゆるオッドアイ。

ツインテールの髪も、真ん中から左右の色が違う。結び目にはヒビ割れが入ったハートの髪飾り。

彼女は死神No.51。

役割《ロール》を『失恋フラグ』といった。


(俺の名はモブ男《お》。クリスマス前に、即席で彼女を作ろうとしている)

モブ男は友人のモブ美《み》に、道端で土下座した。

「モブ美。クリぼっちだけは避けたいから、クリスマス限定の恋人になってください！」

「潔《いさぎよ》いくらいクズね……」

モブ美は若干《じゃっかん》引きつつも、

「まあ私も相手いないし、いいわよ」

「やった！　じゃあパーティ行こうぜ」

この街のクリスマスでは、カップルのみが入れるパーティが恒例《こうれい》行事となっている。ホテルの大ホールを貸し切った、盛大なものだ。

例年モブ男はパーティに怨嗟《えんさ》の声を漏らしていたが、今年は参加できそうである。

「じゃあ、当日よろしくね」

モブ美がその場を去ったあと。

（うう〜、これからモブくんと初めて話すんだ。ドキドキする……頑張れアタシ）

失恋フラグは手鏡で、髪を念入りに整える。

そしてモブ男の前に飛び出した。


「立っちゃった！」


「うわっ、びっくりした！　きみ誰？」

「アタシは死神№51。みんなからは失恋フラグって呼ばれてるの」

「死神っていうと……もしかしてフラグちゃんの仲間？」

「あんなちんちくりんと一緒にしないで！」

失恋フラグは頰《ほお》を膨《ふく》らませたあと。

一気に間合いをつめ、小さな手でモブ男の両手を掴《つか》んできた。オッドアイを潤《うる》ませて、

「改めてモブくん、はじめましてっ♥　こうして話せて、すっごく嬉《うれ》しい！」

「わ、ずいぶんグイグイくるね君……それよりさっき『失恋フラグ』って言ってなかった？」

「そう！　アタシは失恋する可能性が高いときに立つフラグなの！」

失恋フラグはモブ男を見上《お》げ、意気揚々《いきようよう》と指さす。

「クリスマス前に即席で彼女を作るのは失恋フラグよ！　お互いに寂しさを紛《まぎ》らわすための恋なんて、すぐに終わっちゃうんだから！」

モブ男は警戒し、あとずさりする。

「つ、つまり君は、俺とモブ美《み》の仲を邪魔しに来たの？」

「さすがモブくん！　そのとおり！」

失恋フラグは胸を張り、

「アタシには運命の赤い糸が見えるの！　さっきの告白をきっかけに、モブくんとモブ美ちゃんの小指は赤い糸で繋《つな》がっちゃったけど……そんなの、自慢のハサミでちょん切っちゃうんだから！」

そう言うと。

失恋フラグはモブ男に背を向け、何やらゴソゴソしだした。

「なにしてるの？」

「み、見ないで！　ちょっと待ってて！」

失恋フラグは顔を赤くして、ブラウス上部のファスナーをあけた。そこからは、意外な

ほど豊かな胸が見える。

(うう、この大きな胸はコンプレックスだから……モブくんには見られたくないのよね)

胸の谷間に手を突っ込み、そこから巨大なハサミを取り出した。長さは一メートルほどもあるだろうか。

「お待たせ」

失恋フラグは身だしなみを整え、ツインテールを翻《ひるがえ》してモブ男《お》と向き合う。

「うん――って、ハサミでか！　どこから出したの？」

「お、教えてあげない！　赤い糸を切ってあげるわ。覚悟しなさい！」

失恋フラグは取っ手を両手で持ち、刃《は》を開こうとしたが。

「ぐぬぬぬ……ちょっと馬鹿ハサミ！　いうこと聞きなさいってば！」

「どうしたの？」

「実はこのハサミ……本当に悪い縁《えん》しか断ち切れないようになっているの。でもそんなの関係ないわ！　無理矢理《むりやり》にでもいう事を聞かせ……」

力をこめすぎたせいか、足をすべらせる失恋フラグ。地面で頭を打ち、涙目になる。

「あたた……ぴえん」

「赤い糸は切れなかったみたいだね。ところで大丈夫？」

「モブくん、優しい♥」

失恋フラグはチョロく感動したあと、

「と、とにかく、モブくんの恋愛フラグを断ち切るまで、アタシは帰らないんだから」

その言葉をろくに聞かず、モブ男はパーティまでの計画を練り始めた。

「着ていく服買わないとな。あ、でもお金ないから借金しないと……」


「立ちました！」


『死亡』と書かれた小旗を振り現れたのは、小柄な可愛《かわい》らしい少女だ。『死亡』と書かれた黒いシャツを着ており、ピコピコハンマーがついた大鎌を持っている。

「あ、フラグちゃん」

登場したのは死神№269――『死亡フラグ』。『キャラクターの死が濃厚になる行動』をした者の前に現れる死神だ。

だが今まで一度も死亡フラグを回収したことはなく、天界では落ちこぼれ扱いされている。

「安易《あんい》な借金は死亡フラグですよ！　……あれ？　あなたは……天界で見かけたことがあるような」

「死神№51。失恋フラグよ」

失恋フラグはフラグちゃんを睨《にら》みつける。自分と同じく、モブ男《お》に思いを寄せる恋敵《こいがたき》だ。なれ合うつもりはない。

「アンタのライバル、といったところかしら」

「ライバル……！　えへへ」

フラグちゃんは、笑顔で頭を掻《か》いた。

「な、なんで嬉《うれ》しそうなの？」

「だって私、基本見下《みくだ》されてるので、対等のライバル扱いしてくれる死神がいて嬉しくて」

「仕事上のライバルという意味では……ま、まあいいわ」

びしっと、フラグちゃんを指さして、

「とにかくね、アンタとお友達《ともだち》ごっこする気はないのよ！」

「ごっこではなく、本当のお友達になりたいということですか？」

「ちっが――――う！」

地団駄《じだんだ》を踏む失恋フラグ。

バチバチしようと意気込《ご》んだのに、フラグちゃんのほんわかした雰囲気に調子を狂《くる》わされてしまった。

そして数日後のクリスマス当日。モブ男のアパート。

モブ男は借金して買ったタキシードを着て、準備万端《ばんたん》であった。

だがモブ美《み》からの電話に血相《けっそう》を変える。

「俺と一緒にパーティいかないって、どうしてだよハニー！」

モブ美はウザったそうな声で、

『クリスマスだけじゃなく、今後も見据《みす》えてくれる新しい彼ができたの』

「俺だって今後も見据えてたよ！　『モブ美と付き合ったら、ドスケベな下着を着てもらおう』とか！」

今後を見据えるというより、ただのゲスな妄想である。

『きもっ……パーティは彼と行くわ。じゃあね』

切れたスマホを握りしめ、うずくまるモブ男。

失恋フラグは嬉しそうに鼻を鳴らした。隣にはフラグちゃんもいる。二人とも、通話に耳をかたむけていたらしい。

「やっぱりアタシが言ったとおりになったわね」

「いや、まだ俺は諦《あきら》めない」

モブ男《お》は外へ飛び出す。フラグちゃんは失恋フラグと共に、慌ててついていく。

(では私は、姿を消しましょうか)

死神や天使は、フラグが立った人間……モブ男以外から見えないようにすることもできる。

だが。

周囲を見ればクリスマスだけあって、カップルが沢山歩いている。

「……」

フラグちゃんは思い直し、誰からも見える状態でモブ男の隣を歩いた。

(は、傍目《はため》には、カップルに見えるでしょうか)

ちなみに失恋フラグも、同じように考えてモブ男の隣を歩いていた。

そんな二人の気持ちにも、モブ男は気付かず――

ドラッグストアに寄ったあと、立派なホテルの側《そば》までやってきた。その最上階のホールでは、カップルしか入れないパーティが行われている。モブ美《み》もそこにいるはずだ。

「モブ美を奪還《だっかん》する作戦はこうだ」

モブ男がウエイターに化けてパーティに潜入。モブ美の相手の男の飲み物に、ドラッグストアで買った下剤を入れる

←男がトイレにこもりきりになる。モブ美さびしがる
←さっそうとモブ男が登場する
←モブ美が感激し、よりを戻す。再びつきあうことに
←後日ドスケベな下着を着てもらう

「うわぁ……クズですね……」

引いているフラグちゃん。対照的に、失恋フラグの目はとろけている。

「手段を選ばないモブくん……すてき♥」

そうつぶやいた瞬間。

「恋愛格差《かくさ》を許すなー！」「クリスマスを滅ぼせー！」

などという大声が聞こえてきた。

見ればいかにもモテなさそうな男性二十人ほどが、デモをしている。手には『クリスマスパーティ打倒』などのノボリを掲げている。

モブ男《お》は顔をしかめて、

「あれは『クリスマスを滅ぼす会』。クリスマスで男女がイチャつくパーティに乱入し、妨害する組織だ」

「詳しいですね」

「ああ。クリぼっちだった去年、俺が組織した団体だからね」

「諸悪《しょあく》の根源《こんげん》！」

だがパーティにはモブ男も参加する予定なのだ。妨害されるわけにはいかない。

「彼らを止めないと。『誰かを不幸にしても、自分の幸福にはならない』ってことを教えてあげなきゃ」

「どの口がほざきますか」

フラグちゃんは切なく言った。

モブ男はコンビニで買い物をしたあと『クリスマスを滅ぼす会』の前に立ちふさがる。

会員のひとりが声をかけてきた。

「あ、リーダー！　どうしたんですか。連絡しても全然つながらないから、俺たち勝手に妨害活動を始めてたんですよ。これからホテルのパーティに突撃するところです」

「いい心がけだ。だが突入前に、皆で決起《けっき》の杯《さかずき》を酌《く》み交わそうじゃないか」

モブ男はコンビニで買った紙コップを会員たちに渡し、ジュースを注いでいく。

そして紙コップをかかげ、

「同志諸君よ、ともにパーティに突入し、クリスマスに浮かれるカップルどもに鉄槌《てっつい》を！

リア充に死を！」

「「「リア充に死を！」」」

モブ男と『クリスマスを滅ぼす会』の会員は乾杯し、紙コップの中身をあおった。

すると……

「「「ぐっ!?」」」

会員たちは、一斉《いっせい》に腹を押さえた。

モブ男は表情を一変《いっぺん》させ、魔王のように笑った。

「ははは、他人の足を引っ張ることしかしない非モテども、天罰が下ったたな！」

「その理屈だと、モブ男さんにも下るんじゃないですかね」

フラグちゃんは大鎌を磨き始めた。

モブ男は自分以外のジュースに、下剤を混入《こんにゅう》させたのだ。

「う、裏切ったな、リーダー。薬を盛るなんて」

「それだけじゃない――お前らと違って、俺はクリスマスを一緒に過ごす女の子が二人もいるんだよ！　ほら！」

　フラグちゃんと失恋フラグを利用し、マウントをとる。

「な⁉　二人とも可愛《かわい》い」

「くっくっく非モテどもが。おうちに帰って、ママとケーキでも——ごはあっ」

あまりに調子に乗ったモブ男《お》は、会員たちにボコボコにされた。彼らはよろよろと帰っていった。

　そのとき。

「モブ男！」

　ホテルの入口から、ドレス姿のモブ美《み》が出てきた。

「なんか揉《も》め事が起きてるみたいだから、パーティから出てきたんだけど……」

　去っていく会員たち——そして彼らが持つ『クリスマスパーティ打倒』のノボリを見る。

「パーティを妨害しようとする集団を、追い払ったの？」

「そ、そうだ。君が参加するパーティを邪魔させるわけにはいかないからな」

「私、アンタとの約束ドタキャンした上に『他の男と行く』って言ったじゃない！　なのにどうして」

　そしてモブ男は。

　キメ顔で、大嘘《おおうそ》を口走《くちばし》った。

「愛する女が他のヤツといても――幸せを願うのが男ってものさ」

「モブ男……！」

モブ美は感動したようだ。

申し訳なさそうに、こう言う。

「やっぱり私たち……やりなおさない？　一緒にパーティにいきましょう」

（よっし!!）

心中《しんちゅう》でガッツポーズをするモブ男。

失恋フラグは愕然《がくぜん》とし、両ひざをついた。

「ま、まさかの大逆転!?　モブくんがムリヤリ運命を変えた？」

「ははは、俺は失恋フラグなんて回避してみせるさ！」

「……モブくんは、いつもそうだよね」

失恋フラグは、モブ男をまぶしげに見上げた。

そして彼を初めて見た日を思い出す。

失恋フラグはもともと、己《おのれ》の仕事に疑問を抱いていた。

（どうして、カップルを別れさせなきゃいけないのかな……）

彼女はむしろ逆で、男女をくっつけたい側——極度の『カプ厨《ちゅう》』なのだ。好きな映画も『タイタ○ック』のようなラブロマンスである。

己の仕事にためらいを覚えるところは、死神なのに優しすぎるフラグちゃんと似ているかもしれない。

ただ失恋フラグは、きっちりとフラグを回収していたので、落ちこぼれ扱いされる事はなかったが。


そんな失恋フラグがある日、天界の宮殿の廊下を歩いていると。

「ふんふんふ〜〜〜ん」

鼻歌交じりでスキップする、桃色ボブカットの少女をみつけた。新たなオモチャを見つけたように、ご機嫌そうだ。

天使№51『恋愛フラグ』。恋愛フラグが立った者同士を結びつけるのが仕事だ。

（どこに行くんだろ？）

失恋フラグは、後をつけていく。彼女は恋愛フラグが大好きなのだ。

恋愛フラグは、廊下の奥にある扉に入っていった。

かなり不思議な扉だ。表面には無数の歯車がついていて、絶《た》え間《ま》なく動いている。

（これ、どこに通じてるんだろ……あれ？　なんだか失恋フラグが立ってるような）

扉をあけてみる。

そこに広がっていた仮想世界で、彼女はモブ男《お》をみた。

とにかく彼はフラれまくっていた。高校生として生きる世界線でも、ニートとして生活する世界線でも。

「モブ男君って……超高校級の気持ち悪さだよね」「ぐはっ」

「この甲斐性《かいしょう》なし！　あんたなんて願い下げよ！」「モブ美《み》ー！」

だが。

何度失恋しても立ち上がり、彼女を作ろうと悪戦苦闘《あくせんくとう》する。

（なにあの人？）

今まで失恋フラグは、何組ものカップルを別れさせてきた。だがここまで、諦《あきら》めの悪い男はいなかった。

その不屈の姿――これまで見てきた数々の恋愛映画の、主人公のようではないか。

気付けば失恋フラグは仮想世界へこっそり入り浸《いびた》り、モブ男《お》を見つめるようになっていたのだ。

(な、なんかいいかも)

そしてずっと密着するうちに、こう考えるに至《いた》った。

(彼こそ、私の王子様よ!)

▶宣言

よりを戻したモブ男とモブ美《み》。そんな二人を、失恋フラグが唇をかみしめて見つめる。

「あのねモブくん」

息を吸い、言い放った。

「アタシはモブくんが好きなの!」

「ええ――――っ⁉」

モブ男よりも、フラグちゃんが驚愕《きょうがく》した。まさか自分以外にも、プログラムであるモブ男を好きになる者がいるとは思わなかったのだ。

失恋フラグは胸に手を当て、懸命に想《おも》いを吐き出す。

「最近、ずっと陰からあなたを見守っていた。あなたの何度フラれても諦《あきら》めない姿に胸を打たれたの」

そんな失恋フラグを、モブ美が睨《にら》みつけて、

「ちょっとアンタ誰？」

「うるさいわね、この尻軽《しりがる》！」

失恋フラグが、モブ美とつかみ合いになる。

「二人とも、俺のために争うのはやめてくれ！　俺のために争うのは！」

モブ男はそう叫び、通行人に『俺モテるアピール』をしていた。

そんなクズ男ムーブを横目に。

フラグちゃんは失恋フラグの行動に、圧倒されていた。

（なんて勇気ある方なんでしょう）

自分のモブ男への思いは、親しい者たち――生存フラグや失恋フラグ、神様は知っているが、モブ男本人へは明言《めいげん》したことがない。

なのに失恋フラグは、会って間もないのに口にしてしまった。

失恋フラグはツインテールをぐしゃぐしゃにしながら、フラグちゃんを指さして、

「アンタにも負けないわ。モブくんはアタシのものよ！」

「！」

強い危機感を覚えるフラグちゃん。

つづいて失恋フラグは、更なる衝撃の言葉を放つ。

「モブくんを賭けて——フラグ回収の、勝負を挑むわ！」

二話　神様に許可を求めたらどうなるのか？

フラグちゃんたちは、仮想世界から天界へ戻る扉をくぐる。

出たのは宮殿の廊下。西欧風の立派なつくりで、壁のステンドグラスから日差しが注ぎ込んでいた。

フラグちゃんの脳裏には、先程《さきほど》の失恋フラグの言葉が渦巻《うずま》いている。


『アタシはモブくんが好きなの！』


(失恋フラグさん、本当に勇敢《ゆうかん》な方……あれ？)

「ああ言っちゃった言っちゃった言っちゃった……！」

失恋フラグを見れば、頭を抱え、目を回しそうになっている。彼女も、いっぱいいっぱいだったのだ。

そのときヒールの靴音と、無邪気な声がした。

「やっほ～、二人とも」

桃色ボブカットの少女が、両手を振って近づいてくる。着ているのは白いブラウスに、フリルがついたピンクのスカート。

天使№51・恋愛フラグだ。

「あ、れんれ～ん！」

失恋フラグが、恋愛フラグへすがりついた。

(れ、れんれん？)

フラグちゃんが驚く中、失恋フラグは甘えるような声色《こわいろ》で、

「モブくんに告白したよ！」

「うん見てた」

「ほめて、ほめて！」

「あ～はいはい。えらいえらい」

恋愛フラグは面倒《めんどう》そうに言う。へばりついてくる失恋フラグから、なんとか離れようとしている。

フラグちゃんは、恋愛フラグに尋ねた。

「お二人は親しいんですか？」

「う～ん、親しいっていうか……姉妹みたいなものかな。ほら、私とこの子、天使と死神

だけどNo.《ナンバー》は同じ『51』でしょ？」

「あ、そういえば」

うなずくフラグちゃんに、恋愛フラグが耳打ちしてきた。

「しーちゃん、ライバル登場だね」

「な、なんのことですか」

「モブ男《お》くんをめぐるライバルに決まってるじゃん☆」

フラグちゃんの心臓が大きく跳ねた。

「この子、積極的だし、なにげにいろいろハイスペックだし、モブ男くん取られちゃうかもよ？」

「……」

金色《こんじき》の瞳を曇らせ、不安げに胸を押さえるフラグちゃん。

恋愛フラグはゾクゾクした。

（うーん、たまらない）

やはりラブコメは、ライバルがいてこそ盛り上がるもの。

失恋フラグに、モブ男への告白を勧めた甲斐《かい》があった。

（ボク『この前の罰』で、しばらく自由に動けなかったからね。仕込みをしておいてよかった〜）

ほくそ笑む恋愛フラグに、失恋フラグが後ろからしがみつく。

「れ、れんれん！　何故《なぜ》そいつをあだ名で⁉　アタシも『しーちゃん』って呼んでよー」

「同じ『しーちゃん』で被《かぶ》るじゃない……」

恋愛フラグはウザそうに呟《つぶや》く。

続いて失恋フラグは、フラグちゃんを指さして、

「というわけで、アタシも本格的に『仮想世界』でのフラグ回収の修行に参加するわ」

修行というより、百％モブ男目当《おめあ》てではあるが。

「その上でモブくんを賭けて、フラグ回収の勝負よ！」

「ぐ、具体的にはどのように、モブ男さんを賭けるんですか？」

「ええと……」

目を泳がせる失恋フラグ。どうやら見切《みき》り発車だったらしい。

恋愛フラグが人差し指を立てて、

「じゃあ神様のところに行って、修行の許可や、勝負についての話し合いをしようよ」

神様とは天界の最高指導者で、仮想世界を作った存在だ。仮想世界での修行に参加するならば、許可を得るのが筋《すじ》だろう。

「さすがれんれん！　さっそく行きましょ！」

失恋フラグが、恋愛フラグと腕を組んで歩き出した。フラグちゃんもついていく。

向かうのは神様が執務《しつむ》を行う謁見《えっけん》の間――ではなく。

天使や死神が使う大浴場だ。古代ギリシャ風の円柱《えんちゅう》が並んでおり、沢山の洗い場、直径二十メートルほどの大きな浴槽《よくそう》がある。

無精髭《ひげ》にロン毛の男性が一人、デッキブラシで掃除をしていた。

「ああ腰が痛い」

アロハシャツにハーフパンツ姿で、頭には茨《いばら》の冠。

神様だ。そのくたびれた姿からは、とても天界の最高指導者とは思えない。

フラグちゃんたちに気づくと、優しい笑顔を浮かべた。

「やあ、死神No.269に天使No.51。それに……死神No.51も」

そこへ、鞭打《むちう》つような声が浴びせられる。

「おい、うすのろ。よそ見をする暇があったら綺麗《きれい》にしろ。キサマが舐《な》めても大丈夫な程にな」

神様を監視していた天使No.11――生存フラグだ。

生存フラグが立った人間を生き残らせるのが仕事。起伏《きふく》豊かな体に包帯を巻いているだけの、色香に溢《あふ》れた美女である。

フラグちゃん達《たち》に碧《あお》い瞳を向けて、

「なんじゃキサマら。神の惨《みじ》めな姿をおがみにきたか？」

言っていることは、地獄の獄卒《ごくそつ》のようである。

フラグちゃんは「違いますよ」と応じたあと、神様をねぎらった。

「神様、お掃除たいへんですね」

「まあ仕方ないよ。これも罰だからねえ」

約半月前まで……

フラグちゃんと生存フラグは、ファンタジー風の仮想世界にしばらく閉じ込められていた。

それは二人に同行していた、恋愛フラグの仕業《しわざ》だった。

彼女は仮想世界の管理者権限を奪う天界アイテム『ハッキングデキール』を使用していたのだ。

だがそのアイテムを与えたのは、神様であることが判明し……

罰として大浴場の掃除を、神様が一ヶ月、恋愛フラグが半月と決まった。すでに恋愛フラグは、罰の期間を終えている。

失恋フラグがフラグちゃんの隣に並び、

「神様！　アタシも仮想世界での特訓に参加させてください！」

「といっても、君は失恋フラグとして優秀だし、特訓する必要はないと思うが」

「えへへ、褒められちゃったよ〜、れんれん」

恋愛フラグに身体《からだ》をすり寄せる。主人に撫《な》でて欲しい犬のようだ。

それから、キリッと表情をひきしめ、

「でもアタシやりたいんです、特訓！」

神様は感動した。

（おお、死神№51は、フラグ回収の実力をさらに伸ばそうとしている）

その向上心《こうじょうしん》に、水をさすのはよくない。

「うん、わかった。君も正式に、仮想世界での特訓に参加することを許そう」

「ありがとうございます！」

失恋フラグはツインテールを揺らし、頭を下げた。

両手を組んでウットリする。

「これで堂々と、モブくんに会える」

「……ん、モブくん？　会える？」

「私、モブくんを愛してるんです。だから仮想世界に何回もいきますね！」

「向上心は⁉」

神様は驚愕《きょうがく》した。

生存フラグはあきれ返ったように、顔をしかめた。

「モ、モブ男に惚《ほ》れたじゃと？　死亡フラグといい、あのクズのどこがいいのじゃ。理解に苦しむな……」

「モブくんがクズ？　聞き捨《ず》てならないわね」

失恋フラグは眉をひそめて、

「貴方《あなた》いつもモブくんにH《エッチ》な目で見られてるからって、調子に乗ってるわね？」

「乗っとらんわ!?」

いわれなき中傷に、生存フラグは声を張り上げた。

それを横目に、恋愛フラグが神様に言う。

「で、死神№51はしーちゃんと、勝負をしてみたいんだって」

「勝負??」

「そう。フラグ回収の勝負。モブ男《お》くんを賭けてね」

神様は無精髭《ひげ》を撫《な》でながら、考える。

（ふむ……優秀な死神№51と勝負することは、№２６９にとっていい訓練になるかもしれないね。『優しい死神』になるための）

神様は、フラグちゃんが今までにいない『優しい死神』になることを期待している。

死神は、やや機械的に死亡フラグを回収する者が多い。死者に寄り添《そ》ったり、悼《いた》んだりすることもない。

それを疑問に思っていた神様は、フラグちゃんに目をつけた。優しすぎるが故《ゆえ》に、死亡フラグを回収できない死神。

そんな彼女なら、うまく成長すれば今までにない『優しい死神』になれるのではないか――

そう考えて、仮想世界という修行場を作ったのだ。

（それに『モブ男を賭ける』というのも面白いね）

以前……天界屈指《くっし》の優秀な死神・死神№13はこう言っていた。

「№269はあまりにも優しすぎ、それが成長を妨《さまた》げています。ただ……『優しさを上まわる感情』が芽生《めば》えれば、殻《から》を破れるかも」

以前、フラグちゃんのモブ男への恋心が『優しさを上まわる感情』になるよう、仮想世界を設定したことがある。モブ男をモブ美《み》と、イチャイチャさせたのだ。

するとフラグちゃんは、かつてない動きを見せ、モブ男の死亡フラグを回収してみせた。

（モブ男への気持ちは、№269にとって成長のエネルギーだ。恋のライバルの死神№51と勝負すれば、それが増幅《ぞうふく》するかも知れない）

そう考えた神様は、にこやかに言った。

「わかった。フラグ回収勝負を許可しよう。ルールはこれでどうかな――」

・仮想世界で、フラグちゃんは死亡フラグを、失恋フラグは失恋フラグを回収する
・先に五回、フラグを回収した方が勝利

「で『モブ男《お》を賭けて』というのが難しいけど……勝者は思い通りのシチュエーションで、モブ男と過ごせるっていうのは？」

仮想世界の設定は神様がしている。彼にかかれば、どんなシチュエーションも思いのままだろう。

失恋フラグがオッドアイを輝かせる。

「それ最高です。モブくんとどう過ごそうかしら。ふふ、ふふふふ……じゅるり」

妄想が脳内をかけめぐっているようだ。

神様は空中にディスプレイとキーボードを出現させた。これで仮想世界の設定をするのだ。

しばらく操作したあと。

「よし。モブ男に、失恋フラグと死亡フラグが立つよう調整してみたよ」

失恋フラグが深々《ふかぶか》と頭を下げる。

「ありがとうございます、必ず勝負に勝ちます！　そしてアタシに惚《ほ》れさせてみせます」

「後者《こうしゃ》はいらないんだけどね……」

苦笑する神様。

失恋フラグは、意気揚々《いきようよう》とフラグちゃんを指さして、

「逃げ出すなら今のうちなんだから！」

「負けません！」

小さな両こぶしを握って、意気込むフラグちゃん。

生存フラグが肩をすくめる。

「随分《ずいぶん》やる気ではないか。そんなにモブ男と好きなシチュエーションで過ごしたいのか」

「もちろん、それもありますが」

フラグちゃんは、決意のこもった声で、

「今までお世話になった方々に、私がいつまでも落ちこぼれじゃないってことを、証明したいんです」

神様は、フラグちゃんのために仮想世界を作ってくれた。

生存フラグは特訓につきあってくれたし、№13はアドバイスをくれた。恋愛フラグは
……好き放題やってたと思うが、それらは結果的に様々な試練となり、フラグちゃんの糧《かて》

となった。

「その成長の成果を、お見せしたいです」

「……そうか」

生存フラグはうなずき、誰にも聞こえない声でつぶやく。

「期待しておるぞ」

そして四人の死神と天使は、大浴場を去って行く。

神様は父親のように、やさしく手を振って見送った。

「みな頑張るのだよ……さて、もうひと頑張りしようか」

神様が再びデッキブラシをかけていると、金属音がきこえた。

そちらを見れば、異様な人影がこちらへ近づいてきた。甲冑《かっちゅう》をまとい、フード付きのコートを羽織《はお》っている。髑髏《どくろ》の仮面もつけているため表情はわからない。その巨躯《きょく》は身長百八十センチの神様でも見上げるほどだ。

「神様、お久しぶりです」

変声機でも使っているような、やや不気味な声。

「やあ、死神No.1」

——天界には死神と天使が、それぞれ269人いる。

神様によって作られた彼女たちは、生まれた順にナンバーがつけられる。

この死神No.1は、最初に生まれた死神。最も優秀な死神として有名であり、回収した死亡フラグの数は天界一。

IT《アイティー》の手腕も卓越《たくえつ》している。仮想世界のトレーニングシステムは、彼女が手伝ってくれなければ完成しなかった。

No.1は予備のデッキブラシを手に取った。掃除を手伝ってくれるらしい。

「君は忙しいだろう。僕ひとりでやるから大丈夫だよ」

「大丈夫です。仕事が早く終わりましたので」

「そうか、ありがとう」

「いえ……」

No.1は、どことなく嬉《うれ》しそうにうなずき、作業にとりかかった。髑髏の仮面と甲冑をまとう彼女が、風呂掃除をする姿はなかなかユーモラスである。

神様は何気《なにげ》なく話を振った。

「そうだ、前々《まえまえ》から話してる死神No.269がね――」

No.1の動きが止まる。

それに神様は気付かない。フラグちゃんが失恋フラグと勝負することを、声を弾ませて語る。

「勝負を通して、No.269がどう成長するか楽しみだよ」

「……」

№１の握るデッキブラシが、みしりと音をたてた。

三話　フラグ回収対決（一）

▶失恋フラグと買い物に出かけたらどうなるのか？

土曜日。

モブ男《お》は自宅でダラダラとソシャゲをしていた。

「俺の名はモブ男。高校二年生だ」

壁のカレンダーを見ると、明日の日曜日に赤ペンで印がついている。

クラスメイトのモブ美《み》とのデートの日。学校でしつこく頼み込み、ようやくＯＫをもらえたのだ。

「絶対にいい雰囲気になってみせるぞ」

「立っちゃった！」

失恋フラグが笑顔で現れた。

「わっ、失恋フラグちゃん」

「アタシのこと覚えててくれたのね、嬉《うれ》しい♥」

失恋フラグがチョロく感動する。

――それぞれの仮想世界のモブ男《お》は『別のモブ男』であるため、基本的には記憶が引き継がれない。

本来なら失恋フラグの事も覚えていないはずだが、かなり衝撃的な出会いだったので脳《のう》裏《り》にこびりついているようだ。

モブ男は失恋フラグから後ずさりする。

「ど、どうして距離をとるの？」

「だって……君といると失恋の危険があるんだろ？」

ぴえん、と失恋フラグはオッドアイを潤《うる》ませ、

「だ、だったら死神№２６９も似たようなものじゃない！　一緒にいると死の危険があるのよ」

「フラグちゃんは、なんだかんだで助けてくれるからね」

「ぐぬぬ、ポンコツなのが幸《さいわ》いするとは……」

歯ぎしりする失恋フラグ。八重歯《やえば》が可愛《かわい》らしい。

モブ男はたずねた。

「でも俺のどこに、失恋フラグが立ってるの？」

「問題は、モブくんの服装よ！」

びしっと、モブ男を指さす。

「デートも、その『happy《ハッピー》 life.《ライフ》』のTシャツと、ジャージで行くつもり？」

「まあ、ほかに服持ってないし」

「女子の立場で考えてみて。デートなのに男性がだらしない恰好《かっこう》で来たら『私、軽《かろ》んじられてるのかな』って思っちゃうでしょ？」

「な、なるほど」

「というわけで服を買いにいきましょう！」

失恋フラグはモブ男の腕を引っ張り、外に連れ出そうとする。

「でも俺、お金ないよ」

「大丈夫。ぜーんぶ私が出してあげる」

「やったー！」

ヒモのような扱《あつか》いだが、モブ男はプライドがないので素直に喜んだ。

その笑顔を見て、失恋フラグの胸に罪悪感が湧いてくる。

（ごめんねモブくん。私は――あなたにダサい服を買わせるつもりなの）

そうすれば、デートの時にモブ美《み》は怒るだろう。

（失恋フラグは更に盤石《ばんじゃく》となるわ。さすが優秀な私。完璧な作戦ね！）

⚑買い物

二人は市内にある巨大ショッピングモール『イヲン』に到着。

失恋フラグは『モブ男《お》にダサい服を買わせる』と決めていたが。

店に並ぶ素敵な服を見ると『好きな人が着た姿を見たい』と思ってしまう。

気づいたらあらゆる店で、本気でコーディネートし、モブ男に試着させていた。

「あぁ、モブくんはなに着てもかっこいいわ！」「最高よ！」「王子様みたいね！」

ダダ甘の母親のように、褒めまくる。

「やだ俺……こんなに褒められるの初めて……！」

モブ男は口元に両手を当てて、涙ぐむ。

「モ、モブくん、何も泣かなくても」

「基本的に俺は虐《しいた》げられてきたからね。フラグちゃんに貧乳と言えばどつかれ、生存フラグさんにセクハラしようとすれば蹴られ……」

ほぼ自業自得《じごうじとく》ではある。

だが失恋フラグは、大いに同情し、

「可哀想《かわいそう》なモブくん……ところで、買いたい服は決まった？」

「いま着てるやつが、一番しっくりくるかな」

彼は今、デニムパンツに白いパーカー、その上にモスグリーンのジャケットを羽織《はお》っている。失恋フラグが選んでくれたものだ。

「うんうん、いいと思うわ！」

「これならモブ美《み》もかっこいいと言ってくれそうだ」

「ぴえん……」

失恋フラグは目を潤《うる》ませる。だがすぐに笑顔を作って、

「じゃ、じゃあそれをお会計——きゃっ⁉」

失恋フラグは驚いた。

モブ男に試着室に引っ張りこまれ、カーテンを閉められたからだ。

「モ、モブくん大胆……って、なんで外を見てるの？」

「モブ美がいる」

「えっ？」

失恋フラグも、カーテンの隙間《すきま》から外をのぞく。

たしかにモブ美が店に入ってきた。モブ男は失恋フラグ——ほかの女性と一緒にいるのを見られたくなくて、咄嗟《とっさ》に行動したのだろう。

（で、でも）

試着室は狭く、モブ男《お》と密着している。彼の息遣《いきづか》いを間近《まぢか》で感じる。


「立ったよ～」


すぐ隣に、恋愛フラグがあらわれた。

「同じ試着室に入るのは、恋愛フラ――」

彼女が言い終える前に、失恋フラグが被《かぶ》せた。

「ありがと、れんれ～ん！　ついに私とモブくんに恋愛フラグが立ったのね！」

「いやボク、判別《はんべつ》しただけだから……」

恋愛フラグはゲンナリしている。

モブ男は焦《あせ》った。

「いや二人とも！　あんまり騒がしくしたらモブ美《み》に気づかれる」

案《あん》の定《じょう》、試着室の外からモブ美が声をかけてきた。

「なんだか、モブ男の声が聞こえたわ。そこにいるの？」

「まずい……って、え？」

モブ男はお腹《なか》のあたりに、やわらかい感触を感じた。

見れば失恋フラグの胸が、ぐにょりとつぶれている。ゆったりした服装で隠れているが、どうやら相当に大きいようだ。

（ひ、ひょっとして、生存フラグさんと同じくらいか？）

失恋フラグは真っ赤になり、

「モ、モブくん、胸はコンプレックスだから、少し離れて……」

「モブ男。なんか女の子の声で、胸がどうとか聞こえたわよ。試着室でいやらしい事してるんじゃないでしょうね？」

モブ美が疑いを向けてくる。さらに悪いことに。


「立ちました！」


フラグちゃんが現れ、さらに試着室はぎゅうぎゅうになった。

「更衣室で、いかがわしい行為をするのは社会的に死亡フラ……むぐっ」

モブ男は口をふさいだが、

「今度は違う女の声で『勃《た》ちました』って聞こえたわよ？　アンタなにしてんの!?」

「たぶん漢字が違うよ！」

もはや絶体絶命だ。

モブ美《み》がカーテンをあけたら、そこには女子三人とスシ詰《づ》めのモブ男《お》。デートの約束もなくなるだろう。

モブ男は頭を回転させ……恋愛フラグに言う。

「師匠、以前、海に行ったときに使った、服を着せかえるカメラ貸してくれない？」

「『フクカエール』のこと？」

デジカメの形をした、一瞬で好きな衣装に着替えられる天界アイテムである。

（よくわからないけど、面白いことになりそう）

失恋フラグが手をかざすと空中から『フクカエール』が現れた。それをモブ男に渡す。

「どう使うの？」

「フクカエールでモブ美にバニースーツを着せる。モブ美は恥ずかしくて試着室を確認するどころじゃなくなり、逃げるだろう。俺はそれを見るというわけさ」

「見るのは必要ないと思うけどね」

安定のクズっぷりに、恋愛フラグは笑った。

モブ男は『フクカエール』の操作方法を聞き、カーテンの隙間《すきま》からモブ美にレンズを向ける。

シャッターを切ろうとした瞬間。

（えいっ☆）

恋愛フラグが、その背中を押した。モブ男は試着室から、一人転がり出てしまった。

そのさい、自分にシャッターを押してしまったのか……

モブ男自身が、ウサギ耳のついたバニースーツ姿になった。


だが本人は気づいていない。モブ美が顔面蒼白《そうはく》になり、後ずさる。

「モ、モブ男。なにしてんの、あんた……」

「君とのデートで着る服を買いに」

「どういうチョイス!?」

モブ美が目を見ひらく。

「いろいろ店を探し回って、この服にたどり着いたんだ」

「どうしたらそうなるのよ……」

「モブ美に『センスがある』と、思われたくてさ」

「私の事どう思ってるのよ!?」

悲鳴をあげるモブ美。

モブ男は、ゆっくりとモブ美に迫《せま》る。バニースーツのしっぽが無駄に可愛《かわい》く揺れた。

「どうしてだよ。この服いいだろう？　ほら、もっと見てくれ！」

「いやぁぁぁああ!! あんたなんか大嫌いよ!」

逃げまどうモブ美《み》を、モブ男《お》は追いかける。イヲン内に客の悲鳴が響きわたる。

警備員がモブ男を制止した。

「君、なんて恰好《かっこう》をしているんだ」

「何を言って……うおっ」

ようやくモブ男は己《おのれ》の格好に気づいた。

そして、危ない笑みを浮かべる。

「そうか。だからモブ美は俺を振って……ふ、ふふふ……もう何もかもどうでもいいや」

闇落《やみお》ちしたらしい。

近くにいた若い女性に『フクカエール』を向け、バニー姿にした。警備員が驚いた隙に逃げ、イヲン内をかけまわる。そして目についた女性を、片っ端《かたぱし》からバニースーツにしていく。

「若い娘を、バニースーツにいたしましょうー」

花咲《はなさ》か爺《じい》さんの変態版だ。

そしてさっきの店——フラグちゃんたちのところへ戻ってくる。

よどんだ目で、恋愛フラグに『フクカエール』を向け、

「師匠、さっき俺を押したね?」

「や、やだな。あれは偶然——きゃあああ!?」

恋愛フラグがバニースーツ姿になり、胸元を隠した。

そしてモブ男は、おびえる失恋フラグとフラグちゃんを見て、

「君たち二人は見逃そう。失恋フラグちゃんは、親身にコーディネートしてくれたし」

「モブくん……」

「フラグちゃんはバニーガールになっても、あんまり嬉《うれ》しくないし」

フラグちゃんは、モブ男をピコピコハンマーでどついた。

気絶した彼に、失恋フラグがすがりつく。

「あぁモブくーん！　ま、まあ予想とは違ったけど、モブ美には振られたし……失恋フラグ回収に成功ね！」

「私も、モブ男さんの社会的な死亡フラグを回収できました。今回はお互いに回収成功ですね」

「そうはいかないわ」

失恋フラグは『フクカエール』を手にとる。

そして店内や街中を駆《か》け回り、男性をことごとく、バニースーツ姿にしていった。

阿鼻叫喚《あびきょうかん》の騒ぎのなか、フラグちゃん達《たち》のもとへ戻ってきて、

「これでモブくんだけが、バニースーツを着た男性ではなくなった。ダメージも、その分

少なくなるわ」

「……！」

社会的な死とまでは、いえないだろう。フラグちゃんの死亡フラグ回収は、無効となった。

(失恋フラグさん、すごいです)

その頭の回転の速さ。かなりの強敵のようだ。

失恋フラグは『フクカエール』で恋愛フラグの恰好《かっこう》を元に戻す。

そして三人で、天界への扉をくぐった。

現在のフラグ回収数　フラグちゃん：0　失恋フラグ：1

■天界

扉から出ると、神様が床に寝転がってYouTube《ユーチューブ》を見ていた。離れたところでは、生存フラグが日課の筋トレをしている。

フラグちゃんは尋ねた。

「神様、もう大浴場の掃除は終わったんですか？」

「うん。手伝ってくれた子がいてね」

「へえ、誰ですか？」

「ふふふ、聞いたら驚くだろうね」

神様は思わせぶりに笑う。

そして仮想世界の設定をするノートパソコンを指さし、

「さて次は、とても有名なシチュエーションで、死亡フラグと失恋フラグを用意してみたよ。どんなのかと言うと――」

その詳細《しょうさい》を聞き、失恋フラグが微笑《ほほえ》んだ。

「ありがとう神様。その仮想世界のモチーフとなった映画、アタシ大好きなんです！」

テンションを爆上《ばくあ》げし、仮想世界へ通じる扉へむかう。

「行くわよ、ちんちくりん！　今度もアタシが勝つんだから」

「私だって、次こそは……！」

気合いを入れなおすフラグちゃん。

「……」

そんな彼女を生存フラグが、筋トレをやめて見つめていた。何かを考えているようだ。

■『絶対に沈まない船』に乗ったらどうなるのか？

ヨーロッパのとある都市。

みすぼらしい服装の青年が、港にいた。恰好《かっこう》とは裏腹に、その瞳は希望で輝いている。

「俺の名はモブ男《お》。たまたまやったギャンブルで勝ち、超豪華客船のチケットを手に入れた」

目の前の船は高さ五十メートル、全長は三百メートルほどもある。

なんでも『絶対に沈まない船』という異名《いみよう》があるらしい。


「立ちました！」


『死亡』の小旗を振り、フラグちゃんが現れた。今のフラグちゃんは、モブ男以外からは見えていないようだ。

「『絶対に沈まない船』は沈没フラグですよ！　あのタイタニック号もその異名を持っていましたが、一度目の航海で沈みました。『不沈艦《ふちんかん》』といわれた戦艦大和《やまと》も撃沈《げきちん》されましたし」

「ふふふ、そんなのわかってるよフラグちゃん。俺は、万一《まんいち》沈没しても、助かるフラグを立てているんだよ」

「それはいったい？」

　首をかしげ、黒髪を揺らすフラグちゃん。

　モブ男は誇らしげに、木製の旅行用トランクを掲げた。

「ギャンブルでチケットと一緒にゲットした、ルイ・◯ィトンの旅行用トランクだよ」

「ああ、確かにこのメーカーの木製トランクは、沈まないように作られていることで有名ですね」

　かのタイタニック号の事故でも、これに掴《つか》まって助かった人がいるらしい。

「俺はこの船に乗って人生を変える」

「別の大陸へ行って、一旗《ひとはた》あげるんですか？」

「いや、この豪華客船には、金持ちの子女《しじょ》がたくさん乗っているらしい。玉《たま》の輿《こし》に乗って、ニート生活を送るんだ」

「行動力があるクズって、一番タチ悪いですね……」

　モブ男は人生の寄生《きせい》先を探すべく、豪華客船に乗り込んだ。甲板《かんぱん》はかなり広く、スーツを着た紳士――そして若き淑女《しゅくじょ》がたくさん。

　モブ男は鼻の下を伸ばし、

「デュフフ、この中に未来の嫁が……」

「立っちゃった！」


失恋フラグが姿を現した。

「モブくん。身分違いの恋は失恋フラグよ！」

「そうかなあ」

「そうよ！　互いの立場が違いすぎる人と結ばれることなんて、まずないんだからッ！」

フラグちゃんが細い首をかしげる。

「その理屈だと、プログラムに恋する失恋フラグさんだって……」

「ア、アンタもでしょ！」

「「………」」

揃《そろ》って肩を落とし、並んで海をながめた。

そんな二人をよそに、モブ男《お》がだらしない顔を女性客に向けていると……

乗組員の会話が聞こえてきた。

「おい、甲板《かんぱん》の緊急用ボートの数、少なくないか？」

「いいんだよ。景観《けいかん》を損ねるから」

「そんなもんかね。それに今年は異常気象で、もう春なのにデカい流氷《りゅうひょう》が漂《ただよ》ってるらしいぞ」

「大丈夫だよ。流氷なんかに当たっても、絶対沈まないから」

沈没フラグ立ちまくりの会話である。

モブ男は荷物を置いてから船内でナンパをしたが、誰からも相手にされない。

そして夜、甲板へ出ると——そばかす顔の女性が、なんと船の手すりの外に出ている。

服装からすると、かなりの金持ちのようだ。

「きゃっ！」

女性が足をすべらせ、落下しかける。

モブ男は慌《あわ》てて彼女の手をつかみ、引きあげた。

「どうしたの、君」

「私、親の決めた相手と結婚するのが嫌。だから海に飛び込んで自殺しようと……」

女性の顔は真っ青だ。覚悟はしていたようだが、怖くないわけがない。

モブ男は自殺を思いとどまらせ、名を尋ねる。

「私は、モブ美《み》よ」

「モブ美……いい名だ」

ほとんどモブ男と変わらない名前ではあるが。

モブ男は己《おのれ》を指さして、

「俺はモブ男。夢（玉《たま》の輿《こし》からのニート）を追う男さ」

「夢……素敵ね」

モブ男のゲスな本性《ほんしょう》も知らず、モブ美《み》は微笑《ほほえ》んだ。

「よしモブ美、気晴《きば》らしをしよう」

船内のカジノへ連れていく。だが連戦連敗で、金は一銭もなくなってしまった。

七転八倒《しちてんばっとう》するモブ男。その耳元でフラグちゃんはささやいた。

「持ち物を他の乗客に売って、資金にしたらどうです?」

「そうだな、勝つまでやめられないもんな」

連敗で頭に血が上《のぼ》ったモブ男は、言われたとおりにした。そこからは連勝し、大儲《おおもう》け。

「すごいわ。あなた最高よ!」

モブ美が抱きついてくる。

そこへ、更に追い風が吹いた。

タキシード姿のイケメンが、こちらへ歩いてきたのだ。モブ男を睨《にら》みつけ、

「モブ美さん、なぜこんな薄汚《うすぎたな》い男と一緒に」

「失礼よ。この方は命の恩人……」

どうやらモブ美の『親が決めた結婚相手』らしい。

モブ男はモブ美の手を取り——駆《か》け出した。イケメンが追いかけてくる。
「キサマのような貧乏人が、モブ美さんにふれるな！」

「立ったよ～？」


恋愛フラグが現れた。

「周囲から交際を反対されるのは、恋愛フラグ。『ロミオとジュリエット効果』っていって、恋が盛り上がるとされているんだ」

「なるほど！」

たしかにモブ美はもう、モブ男にメロメロのようだ。

人気《ひとけ》のない部屋へ連れてこられ、こう言われる。

「ここなら誰も来ないわ」

そしてドレスの肩紐《かたひも》に手をかけた。

（も、もしかして……人生初のアレでナニができるのか？）

モブ男は目を血走《ちばし》らせた。フラグちゃんと失恋フラグは焦《あせ》っている。そんな二人を見て、恋愛フラグはニヤニヤしている。

モブ美が肩紐をはずし……その豊かな胸がこぼれ出そうになったとき。

ドォオオオオオオン……！

すさまじい轟音《ごうおん》とともに、船が大きく揺れた。

モブ男《お》は半泣きで絶叫した。

「ちくしょー!!」

「な、なにがあったの」

「船が氷山《ひょうざん》にぶつかったんだよ！　まもなく沈む！」

「なにその理解力!?」

驚愕《きょうがく》するモブ美《み》。

船はすでに傾き始めている。一刻も早く脱出しなければならない。

モブ男はモブ美、それにフラグちゃん、失恋フラグと甲板《かんぱん》へ出た。すでにたくさんの乗客が集まっており、悲鳴をあげている。

特に大混乱なのは、救命ボートのあたりだ。客が船員に掴《つか》みかかっている。

「俺を先に乗せろ！」「そういうわけには……」

モブ男は救命ボートへ駆《か》けていく。フラグちゃんが話しかけてきた。

「モブ男さん、乗れそうにないですよ」

「大丈夫。秘策がある」

そしてモブ男は。

船員に、先程《さきほど》カジノで得た金を握らせた。

「これで俺たちを優先的にボートに乗せてくれ」

「まさかの袖《そで》の下《した》！」

驚くフラグちゃん。

「こんな時に金で解決するわけねぇだろ！」

モブ男は船員にぶん殴られた。金の力で助かろうとするのは死亡フラグだ。

そして。

船体が更に大きく傾いた。まるで滑り台のように乗客が落ちていく。それはモブ男も例外ではなく……モブ美と手をつないだまま、夜の海に投げ出された。

「大丈夫だ。俺にはルイ・〇ィトンのトランクが……」

「カジノで、賭けの資金にするため売ったじゃないですか」

「し、しまったー！」

フラグちゃんはモブ男の生存につながるトランクを、あらかじめ処分させたのだ。

失恋フラグが鼻を鳴らす。

「ふーん、少しはやるじゃない。でもモブくんの不屈さを甘く見ないことね」

モブ男《お》はモブ美《み》とともに、流れてきた船の破片《はへん》に掴《つか》まった。

だが。

「水、冷てえええぇぇぇ!!」

「立ちました！　今の水温は0度。低体温症《ていたいおんしょう》になり、二十分程度で死亡してしまいますよ」

フラグちゃんが『死亡』の小旗をかかげた。

モブ美が元気づけてくる。

「モブ男、死んじゃだめ。私たち結婚して、一緒にお爺《じい》ちゃんお婆《ばあ》ちゃんになるんでしょ」

「またまた立ちました！『未来の幸せな話』をするのは死亡フラグです！」

フラグちゃんにとって、かなり有利な状況。彼女は『モブ男を助けたい』という気持ちを抑え、状況を見守っていた。

そのとき……

（あっ）

モブ男の近くに幼い子供が流されてきた。モブ男たちと違い、掴まっている物はなにもない。このままでは沈むだろう。

この場合、モブ男が見捨てても罪にはならない。だが……

「君、いま助けるぞ」

モブ男は子供を抱き寄せ、船の破片に乗せた。だが、それには三人分の浮力はない。

「モブ美、さよなら」

モブ男は手を放し、冷たい海の底へと沈んでいった。


「立ったぞ？」


水中に生存フラグが現れ、モブ男の手をつかみ、空中へと飛び上がった。濡《ぬ》れた包帯が起伏《きふく》豊かな身体《からだ》に貼り付き、妖艶《ようえん》きわまりない。

「弱き者の命を守ろうとするのは、生存フラグじゃ」

「へへ、実はそれを当てにしてたんだけどね」

失恋フラグが驚いて、

「生存フラグさん……!?　あなた№２６９の友人でしょ？　アタシの味方していいの？」

「わしは誰の味方でもない。天使として、生存フラグを回収するだけじゃ」

生存フラグはモブ男を、モブ美のそばに流れてきた漂流物に乗せた。

そして他の乗客たちが、こんな歓声をあげた。

「救助が来たぞ」「やった！」

たしかに遠くから、船の明かりが近づいてくる。おそらくモブ男たちが死ぬことはないだろう。

失恋フラグが、フラグちゃんに笑みを向ける。

「これでアンタは今回も、死亡フラグを回収できないわね」

「……で、ですがこのままでは、モブ男《お》さんはモブ美《み》さんと結ばれるでしょう。あなたも失恋フラグを回収できません」

「ぬかりはないわ」

失恋フラグがポケットに手を突っ込み――そこから、小型ラジオのような道具を取り出した。どうやらボイスレコーダーのようだ。

再生スイッチを押し、モブ美の前に放り投げる。

そこから、モブ男の声が流れてきた。


『この豪華客船には、金持ちの子女がたくさん乗っているらしい。玉《たま》の輿《こし》に乗って、ニート生活を送るんだ』


モブ美が目をつりあげる。

「モブ男、これはどういうことかしらぁ……？」

「そ、それはだね」

「二度と私の前に、姿を見せないで!!」

見事にフラれたモブ男。

失恋フラグは腰に両手を当て、高笑いした。

「ふっふーん、またしてもアタシが回収に成功ね！」

「な、なぜあんな録音を」

「だってモブくんの声って天上の旋律《せんりつ》だもの。録《と》っておかないのは世界の損失というものだわ」

録音していたのは、たまたまらしい。

「でもそれを、失恋フラグ回収に活用してしまうなんて」

「フラグ回収なんて不確定《ふかくてい》要素だらけだわ。何より大事なのは応用力よ」

フラグちゃんは唇を噛《か》みしめる。

この敗北を糧《かて》とするため、失恋フラグの言葉を心に刻み込んだ。

一方《いっぽう》失恋フラグは、フラれたてのモブ男に話しかけている。

「大丈夫。モブくんにはアタシがいるわ――あれ、聞こえてない？」

「よーし、今回の体験を本にして作家になり、モテてやるぞ」

「ぴえん……でもそんな不屈さが好き……！」

現在のフラグ回収数　フラグちゃん：０　失恋フラグ：２

▶天界

四人の天使と死神は、扉を通って天界へ戻った。

神様の姿はなく、ノートパソコンの画面だけが点灯《てんとう》している。

失恋フラグが、生存フラグの前にまわりこんで、

「さっきはありがと。モブくんを助けてくれて」

「別にキサマのためではないわ」

生存フラグは不機嫌そうにそっぽを向き、こう考えた。

(フラグ回収勝負、死亡フラグの味方をしてやりたいところじゃが……それではヤツのためにならん)

フラグちゃんとは友人ではあるが、甘やかしたり、なあなあの関係になるつもりはない。

生存フラグはフラグちゃんを見下ろし、

「わしはモブ男《お》の生存フラグを全力で回収する。キサマが成長したのなら、わしを乗り越えて死亡フラグを回収してみよ」

「はい！　仮想世界は、生存フラグさんの練習場でもありますもんね」

（それが理由ではないのじゃが……まあよいか）

生存フラグの内心に気付かず、フラグちゃんは周囲を見回して、

「でも神様はどこに行っちゃったんでしょう？　パソコンがつけっぱなしですが」

恋愛フラグが屈《かが》んで、画面をのぞきこむ。

「あ、付箋《ふせん》が貼ってある。『死神№13に決裁《けっさい》を求められたから、席を外すよ』だってさ」

「それなら待ちましょうか」

恋愛フラグがイタズラっぽく笑い、ノートパソコンの前にペタン座《ずわ》りする。

「いや、ボクが仮想世界の設定をするよ。ファンタジー風の仮想世界で、さんざんやったし」

「嫌な予感しかしないんですが」

恋愛フラグがキーボードを叩《たた》く。

……するとフラグちゃんは、モブ男の死《お》亡フラグが立ったのを感じた。

嫌な予感を覚えつつ、仮想世界への扉をくぐった。

■死んだふりが世界的な競技になったらどうなるのか？

休日。

モブ男は自宅アパートで、だらだらとテレビを見ていた。画面では人気プロサッカー選手が、若い女性たちから黄色い声援を浴びている。

（けっ。サッカーできるやつの何が凄《すご》いっていうんだ）


「立ちました！」


『死亡』の小旗を掲げ、フラグちゃんが現れた。

「モブ男さん、人を嫉《ねた》むのは死亡フラグですよ！」

「嫉みもするよ。サッカーっていうスポーツがなかったら、この選手の『ボールを蹴る』という才能は発揮されず、成功もしなかったろ」

モブ男は己《おのれ》を指さして、

「特技を活かせるスポーツがあれば、俺だってスーパースターになれたさ」

「モブ男さんの特技ってなんですか？」

「死んだふりとか……」

「そんなの、競技になるわけないじゃないですか！」

「なるよ〜。死んだふりが人気競技、面白いじゃん」

恋愛フラグが笑顔で現れた。

手をかざすと、デジタル時計のような道具が現れる。

「これは天界アイテム『ニンキフニンキ』。人気の度合いを十段階で調節できるんだ」

「おお！」

「いま死んだふりの人気度は0だけど、どれくらいにしてみる？」

プロ野球やJリーグでも、五くらいらしい。

「決まってる。最大の十だ！」

「りょうかーい」

恋愛フラグが『ニンキフニンキ』を操作する。

「これで死んだふりは大人気になったよ。ボクは天界から君を観賞……じゃない。見守らせてもらうね」

恋愛フラグはウインクして去った。

「さて、どんな世界になったのかな？　わくわくするな」

モブ男《お》はフラグちゃんと共に、外へ出てみる。

少し街を歩いた限りでは、目立った変化はないようだが。

「きゃっ！」

フラグちゃんが悲鳴をあげた。

その視線の先には……小学校の校庭。モブ男もそちらを見て、驚愕《きょうがく》した。

「なんだこりゃ！」

校庭で五十人近い子供が、うつ伏《ぶ》せに倒れている。

モブ男とフラグちゃんは助けに向かう。

「ど、どうしたんだ君たち！」

若い男性が駈け寄ってきた。

「なんですか貴方《あなた》は。死んだふり部の練習の、ジャマをしないで下さい」

「死んだふり部!?」

まさかそんなのがあるとは。

男性は驚いた様子で、

「知らないんですか？　死んだふりは今や、世界で一番の人気競技なのに……」

倒れていた子供の一人が、目をあける。

「監督、その人だれ？」

「オープンアイズ！　失格！」

男性が、野球の審判《しんぱん》の『アウト』のようなポーズをした。

モブ男は目を瞬《しばたた》かせて、

「オ、オープンアイズ?」

「死んだふりの最中《さいちゅう》に、目を開けることです。その時点で敗北です」

他には、動いたりすると負けらしい。

モブ男は乱入を謝罪したあと、学校から出る。

公園や河川敷《かせんじき》に行くと、老若男女《ろうにゃくなんにょ》問わずあちこちで死んだふりをしていた。テロでもあったかのようだ。

フラグちゃんは眉をひそめて、

「なんというか、ひどい光景ですね」

「ああ。みんな未熟すぎて、見てられないよ」

「死んだふりの技術の問題ではなく」

フラグちゃんは突っ込んだあと、スマホを見てみる。

「スポーツニュースのサイトも、野球やサッカーを抑えて死んだふりがトップですね……へえ、今夜、日本王座の決定戦があるらしいですよ」

サイトには、王座決定戦に挑む選手の動画もある。

「はっ」

それを見て、モブ男は鼻で笑った。

ドラッグストアへ向かい、なぜか大量のジュースを買う。

「この世界の奴《やつ》らに見せてやるよ――本当の死んだふりってヤツを」

⚑衝撃のデビュー

――その日の夜。東京ドーム。

会場はすでに超満員であり、観客の熱い視線は中央のリングに注《そそ》がれていた。そこでは、二人の男がうつ伏《ぶ》せになっている。その模様を、大量のテレビカメラが全国に放送していた。

実況アナウンサーが興奮気味に、

『さあここ東京ドームでは、死んだふりの日本王者を決める戦いが行われています。解説は〝日本死んだふり協会〟の会長にお願いしております』

『よろしく。二人の選手いずれも、みごとなプローン（うつ伏せ）スタイル。これは長期戦になりそうだ――』

そのとき会場を駆《か》け、リングへ上がる男が現れた。

モブ男である。

『これは前代未聞《ぜんだいみもん》です。何者かが乱入してきました！』

凄《すさ》まじいブーイングの中、モブ男は叫んだ。

「見せてやる、本当の死んだふりを」

モブ男は、うつ伏《ぶ》せではなく――仰向《あおむ》けになった。

協会会長が驚愕《きょうがく》する。

『これは……フェイスアッパードスタイルじゃないか！』

『なんですか、それは』

『仰向けの死んだふりは、非常に難しいんだよ。うつ伏せと違い、表情を隠せないからな。ゆえにこのスタイルは、廃《すた》れてきた』

『この男は、それを蘇《よみがえ》らせたのですね。何者なのでしょうか……』

モブ男の革新的《かくしんてき》な死んだふりは、まだ続いた。

彼のズボンの股間。そこに染《し》みがあらわれ、広がっていき……ついにはリングが濡《ぬ》れていく。

実況が叫んだ。

『お、おしっこを漏らしている――！』

『人は死ぬと筋肉が弛緩《しかん》し、糞尿《ふんにょう》を垂れ流すようになる。なんというリアリティだ。しかも……』

大量の尿がリング上を伝っていき、二人の選手に迫《せま》る。モブ男はこのために、ジュースを沢山飲んだのだ。

「うわっ」「汚《きたな》っ！」

慌てて、死んだふりをといてしまう。

実況が叫んだ。

『オ……オープンアイズ！　二人とも失格！』

『死んだふりは、身動きできない競技。ゆえに〝相手への攻撃はできない〟というのが定《てい》説《せつ》だったが……アイツはそれを覆《くつがえ》したのだ。新しい日本王者は、アイツだ』

『で、でも乱入してきたというのに』

『会長のわしが認める。なにより会場の盛り上がりを見たまえ。反対するものなどいない』

モブ男は立ち上がり、テレビカメラをキメ顔で指さした。

「俺の名はモブ男——死んだふりに愛された男」

実況が叫ぶ。

『超新星《ちょうしんせい》が現れました！　その名はモブ男！』

モブ男！　モブ男！　という大歓声が東京ドームを揺らす。

（ああ、これこそ俺が求めていた世界だ）

モブ男は両手をひろげ、目を閉じてうっとりした。

モブ男《お》は一夜にして、スーパースターとなった。

スポーツ誌の一面を飾り、ニュースは彼の特集ばかり。先日の試合のYouTube《ユーチューブ》での再生回数は六億回に達した。

『尿もらし』は革新的な戦術とされ、他の選手や子供たちは皆マネをした。

——そして、世界王者決定戦もセッティングされた。

場所は先日戦った、東京ドームである。勝者はファイトマネーとして五十億円が得られる。

モブ男はそれに備え、沖縄での合宿に入った。

合宿会場には多くの若い女性が詰めかけ、黄色い声をあげる。

「きゃー!」「モブ様、結婚してー!」

「ははは、人気者はつらいなあ」

「立っちゃった!」

失恋フラグが現れた。

「あ、失恋フラグちゃん」

「名声目当《めあ》ての恋愛なんて、すぐ終わっちゃうわ！　モブくんが負ければ去って行くだけの連中よ！」

「わかってるよ」

モブ男はうなずいて、遠くを見た。

「勝ち続ければいいのさ」

「やだ、かっこいい……」

両手を口元に当て、頰《ほお》を染める失恋フラグ。

そしてモブ男は合宿で特訓を重ねた。炎天下や、森の中……過酷な環境での死んだふりを行い、世界戦をむかえたのだ。

■世界戦

六万人の観客が詰めかけた東京ドーム。その熱狂の坩堝《るつぼ》の中、モブ男はリングに立っていた。

実況が高揚《こうよう》した声で、

『さあいよいよ世紀の一戦。彗星《すいせい》のごとく現れた日本王者モブ男《お》が、世界王者にしてアメリカの英雄・シンダーフリーマンに挑みます』

シンダーフリーマンはガリガリで、死体のような血色《けつしょく》の悪さだ。モブ男同様、死んだふりに愛された男なのだろう。

『日本だけでなく、世界八十ヶ国《か》で生中継されるこの一戦。いったいどんな結末を迎えるのでしょうか』

審判《しんぱん》が、試合開始を告げる。

「レディ——デッド！」

世界王者はうつ伏《ぶ》せ、モブ男はフェイスアップパードスタイルになり、目を閉じる。

実況が、傍《かたわ》らの解説者を見て、

『今日は世界戦ということで、特別ルール〝アルティメット死んだふり〟となります。選手二人を様々な妨害が襲いますが、果たして死んだふりを続けられるでしょうか』

『ああ。まずは〝竹刀《しない》〟からだな』

リングに二人の男が現れ……モブ男と王者を竹刀でシバいた。

（いってええ！　でも生存フラグさんの蹴りに比べればたいしたことないぞ）

勝てば五十億円なのだ。モブ男は何にでも耐えるつもりだった。

それからも両者を、数々の試練が襲った。

身体《からだ》に虫を這《は》わせる、シュールストレミング（世界一臭い缶詰）の匂いを嗅がせるなど……。

だが両雄《りょうゆう》は微動《びどう》だにせず、死んだふりを続けた。

モブ男は目をとじたまま、考える。虫は合宿の際、森で死んだふりをしたから耐えられたが――

（あの缶詰の匂いは、やばかった）

シュールストレミングの缶詰は沢山用意したようだが、あまりの激臭《げきしゅう》に、係が一つ開けただけで気絶したらしい。全て開封されていたらモブ男でも耐えられなかっただろう。

そのとき。

「モブくん」

失恋フラグの声が、耳元で聞こえた。

会場はざわついていない。どうやらモブ男以外に見えないようにしているようだ。

「悪いけど、死んだふりを妨害させてもらうわ」

（お、俺を負けさせるつもりか！）

そうすれば群がる女たちは去り、失恋フラグを回収できるだろう。

そして失恋フラグは――漫談《まんだん》、隠し芸などをはじめた。だがクオリティが微妙なため、モブ男は微動《びどう》だにしなかった。

「う、ううう……こうなったら、最後の手段よ！」

衣擦《きぬず》れの音。そして、失恋フラグがささやく。

「ア、アタシね、いま水着姿になったわ」

（な、なんだって）

「胸は、Ｆカップもあるんだよ」

（ももも、ものすごく見たい……だが！）

ここで目を開けば敗北。

（モテモテ生活も、五十億円も失ってたまるか！）

モブ男は舌を噛《か》んで耐える。失恋フラグは『ぴえん』と去っていった。

（よ、よし！　最大の脅威は去った。このまま我慢すれば……）

『火事です。火事が発生しました！　皆さん避難してください！』

実況が叫んでいる。非常ベルに、観客の阿鼻叫喚《あびきようかん》の声。なんとなく身体《からだ》も熱い。

（ふふん。これも試練の一つだろ。ダマされないぞ）

モブ男は死んだふりを続けた。

⚑

（立ちました……危機に気付かないのは死亡フラグです）

フラグちゃんはリングの脇で、小旗をかかげた。

火勢《かせい》は非常に強く、鎮火《ちんか》の気配は全くない。リングにも火が燃え移った。

（このままいくと、私は死亡フラグを回収できますが――）

ついに世界王者のシンダーフリーマンが、悲鳴をあげて逃げた。

モブ男は喜び勇んで起き上がる。

「やった、五十億円ゲット！　……って本当に火事じゃん！」

取り囲む火を睨《にら》みつけ、

「俺は諦《あきら》めないぞ。可能性が一％だろうと、生き抜いてやる」

「立ったぞ？」

生存フラグが、モブ男の側《そば》に現れた。

「たとえ大ピンチでも、生きる事を諦《あきら》めないのは生存フラグじゃ」

モブ男の襟首《えりくび》をつかみ、飛んで脱出しようとする。

生存フラグは、フラグちゃんに碧《あお》い目を向けて、

「どうした死亡フラグよ。このままでは、お前はまたフラグを回収できんぞ」

「……大丈夫です」

そのとき。

ドガァアアアアン！　という爆発音がした。

「何じゃ？　ガス爆発かなにか……むぐっ!?」

生ゴミと下水を混ぜたような、とんでもない激臭《げきしゅう》。生存フラグは鼻をおさえてうずくまる。

見れば、大量の缶詰が破裂し、燃え上がっている。

（あれは……シュールストレミング？）

先ほど使われなかったものだろう。

フラグちゃんは匂いの当たらない位置に移動しながら、

「シュールストレミングは発酵により、可燃性のガスを発します。缶があぶられて爆発し、匂いが拡散《かくさん》したんです」

「ぐおおお……キサマこれを計算していたのか」

フラグちゃんは失恋フラグの、この言葉を活《い》かしたのだ。


『フラグ回収なんて不確定要素《ふかくていようそ》だらけだわ。何より大事なのは応用力よ』


近くにあったシュールストレミングに目をつけ、それで生存フラグの動きを封じた。

それによりモブ男も脱出できず、一酸化炭素中毒になりかけている。

「い、いやだー！　五十億円使いたい。美女と遊びまくりたいよ！」

「往生際《おうじょうぎわ》の悪い……でも」

フラグちゃんはモブ男を見つめ、心の底から告げる。

「死んだふりのために一生懸命に合宿したり、試合でも頑張ったり、ちょっとカッコよかったですよ」

「え、そう？」

モブ男は嬉《うれ》しそうに笑い、息絶えた。

その姿を、フラグちゃんは唇を引き結んで見つめていた。

現在のフラグ回収数　フラグちゃん：1　失恋フラグ：2

四話　四人で風呂に入ったらどうなるのか？

フラグちゃんと生存フラグ、失恋フラグは扉を通り、天界へ帰還した。

それを神様と恋愛フラグが迎えてくれる。

神様は満面の笑顔で両手をひろげている。とてもご機嫌そうだ。

「死神No.２６９。凄《すご》いじゃないか！　死神No.51、天使No.11にも負けず、死亡フラグを回収してみせたね」

「ありがとうございます」

頭を下げるフラグちゃんに、神様は目を細める。

（死神No.２６９は着実に成長している。それに……）

死にゆくモブ男《お》に、救いとなる温かい言葉をかけていた。

あれこそ神様が求める『優しい死神』――No.51との対決は、期待通りフラグちゃんに良い影響をもたらしているようだ。

恋愛フラグが、膨《ふく》らんだ胸の前で両手をあわせる。

「じゃあ今日の特訓はこれぐらいにして……新しいメンバーも加わったことだし、親睦《しんぼく》を深める意味でお風呂いかない？」

「あ、いいですね」

フラグちゃんと、生存フラグはうなずいた。失恋フラグだけが、乗り気ではないようだが……

「せ、せっかく、れんれんがアタシのために言ってくれたことだし、行くわ！」

「いや、別にキミのためじゃ」

「も～れんれんったら、ツンデレさん♥」

失恋フラグは恋愛フラグの頬《ほお》をつつく。

恋愛フラグはウザったそうに距離をとりながら、

「じゃあ着替えとか取ってくるために、一度ここで解散ね」

「はい」「うむ」「わかったわ！」

恋愛フラグは三人と別れたあと……

一目散《いちもくさん》に『天使寮』の自室へダッシュ。着替えと『あるもの』を手にとり、大浴場へ駆《か》けた。

（急がないと、みんなが来ちゃう）

脱衣所でタオル一枚になり、大浴場の中へ。

神様が毎日ていねいに清掃しているため、ピカピカだ。いまは誰も入浴していない。

「さてと」

恋愛フラグは巨大な浴槽《よくそう》に近づき……ピンク色の粉《こな》を入れる。天界アイテム『ぶっちゃけバスソルト』というものだ。

（これは本音が漏れる入浴剤。みんなを浸《つ》からせて、ぶっちゃけトークを楽しんじゃおっと！）

でもそれだと、恋愛フラグ本人も本音を漏らしてしまう。

なので彼女は続いて、歯磨き粉のチューブのようなものを取り出した。

（このクリームを塗れば『ぶっちゃけバスソルト』が効《き》かなくなるからね。早速《さっそく》――）

「早いですね、恋愛フラグさん」

「わひゃあっ⁉」

突然の声に、足をすべらせた恋愛フラグ。クリームのチューブを落とし、浴槽に転げおちてしまう。

フラグちゃんと生存フラグが湯に入って助け起こすと、恋愛フラグは、

「あっちゃあ～、やっちゃった。せっかく本音が漏れる入浴剤『ぶっちゃけバスソルト』

を入れて、みんなのぶっちゃけトークを聞きだそうと思ってたのに」

入浴剤のせいで、たくらみを漏らしてしまう恋愛フラグ。

フラグちゃんは驚き、

「また悪戯《いたずら》をしかけてたんですね。この性悪《しょうわる》天使っ」

「ふーん、しーちゃんボクのこと、そんな風に思ってたんだ……」

さっそく、ぶっちゃけトークをしてしまうフラグちゃん。

生存フラグもうなずいて、

「そのとおりじゃ。キサマはこの間、我々を仮想世界へ閉じこめたことといい、少々遊びすぎじゃ。まあ共同生活など、楽しいことも多かったが……………はっ」

「ふふ☆　せーちゃん共同生活楽しんでたんだ」

赤くなる生存フラグ。

そのとき入口の戸が開いて、フラグちゃんの同僚の死神二人が入ってきた。

（……っ）

フラグちゃんは身を縮めた。この二人には見下《みくだ》され、いつも意地悪なことを言われているからだ。

「あれ、落ちこぼれの№２６９じゃん」

「仕事はロクにしないのに、風呂で疲れは癒やすんだ～？」

フラグちゃんが俯《うつむ》いていると。

生存フラグが口を開いた。

「No.269を侮辱《ぶじょく》するな。わしは、こいつの成長を——落ちこぼれからの脱却《だっきゃく》を信じておる」

「なっ、なによ……マジになっちゃって」

二人は気圧《けお》された様子。さっさと身体《からだ》を洗い、出ていった。

フラグちゃんは目をうるませ、生存フラグを見つめる。

「……」

生存フラグは恥ずかしそうに、鼻の上まで湯につかってしまった。

「あ、先に入ってたんだ」

失恋フラグがやってきた。かけ湯をしてから、浴槽《よくそう》に入ってくる。

フラグちゃんは失恋フラグに『ぶっちゃけバスソルト』の説明をした。

「ふーん、なるほどね……ってなによNo.269。じろじろアタシの身体見て」

「間近《まぢか》で見ると……ほ、本当に大きいですね……」

ぷかぷか湯に浮かぶ胸を、失恋フラグは抱きしめて隠した。

「見ないで。好きでこんなに育ったわけじゃないんだから！　コンプレックスなのよ！」

フラグちゃんの平らな胸を見て、

「それくらいの方が慎《つつ》ましくていいと思うけど」

「嫌味《いやみ》ですか！　あ、そういえばこれ本音なんですね……」

「そうよ。大きいと、着る服も限られるし」

失恋フラグは、生存フラグに目を移し、

「あなたも普段《ふだん》包帯なんて巻いてるのは、着る服がないからよね？　気の毒に」

「違うわ!!」

好きで着ているのに、気の毒扱いされて怒る生存フラグ。

フラグちゃんはうなずいて、

「へー、胸が大きいのにも、いろいろ苦労があるんですね。恋愛フラグさん」

「しーちゃん……なんで『ない側』としてボクをとらえてるのかなぁ？」

「だって色々細工《さいく》を――ひぃ！」

恋愛フラグが凄《すご》い目で睨《にら》んできたので、フラグちゃんは悲鳴をあげた。

友人に助け船を出すため、生存フラグが話題を変える。

「し、しかし失恋フラグと恋愛フラグは、No.《ナンバー》が同じなのじゃな」

「ふふーん。それだけじゃなく、身長、体重ともに、れんれんと同じよ！」

フラグちゃんは首をかしげる。

「あれ？　でも胸にかなりの差があるはずですから、その分の恋愛フラグさんの体重は、どこから……」

「し〰〰ちゃ〰〰〰ん？」

「ひぃいいいい!!」

風呂に入っているのに、顔面蒼白《そうはく》になるフラグちゃん。

失恋フラグは、はたと思いついた様子で、

「でも考えようによっては、普段きけない本音を引き出せるいい機会よね」

恋愛フラグに身体《からだ》をすりよせる。

「ねえれんれん。アタシのこと好き〰〰？」

「苦手。あとその、変なあだ名やめて」

「ぴえん」

涙目になる失恋フラグ。

しょんぼりする彼女に、生存フラグが言った。

「わしはキサマのひたむきな所には、好感が持てる――う、また入浴剤のせいで余計なことを」

「せいせい……」

「パンダみたいなあだ名をつけるな!?」

せいせいせいが叫ぶ。

そのとき大浴場の扉が開き、若草色の髪の美女が入ってきた。優秀な死神・死神№13である。

「お疲れ様です皆さん」

№13は何よりも効率を愛する。超スピードで身体《からだ》を洗うと、浴槽《よくそう》に近づいてきた。

フラグちゃんは注意を促《うなが》そうとする。

「実はこのお湯に浸《つ》かると本音が……もごっ」

恋愛フラグに口をふさがれ、耳元でこう言われる。

「しーちゃん。謎多き美女・死神№13さんの本音を聞けるチャンスじゃない？」

(そうかもしれませんが)

「できる女の恋バナとか、気になるでしょ？」

「気になるわ、れんれん！」

前屈《まえかが》みになって胸を揺らす失恋フラグ。恋バナには目がないらしい。

№13が湯につかると、すかさず恋愛フラグが尋ねた。

「ねえねえ№13さんって、誰かを本気で愛したことがあるの～？」

「ありますよ」

皆は驚いた。生存フラグも興味なさそうにしながら、耳をかたむけている。

「そ、それ誰？」

「天使No.51、あなたです」

一瞬の沈黙のあと。

No.13が恋愛フラグの手をとって、こう言った。

「結婚してください」

「えええええええ!?」

恋愛フラグが、珍しく心の底から驚愕《きょうがく》している。

そしてNo.13は、天界がひっくり返りそうなことを告げる。

「そして二人で神様に反逆しましょう。私の実務能力と貴方《あなた》の知謀《ちぼう》が合わされば、神様など恐るるに足りません」

まさかのクーデターの誘い。

さすがの恋愛フラグも、目を回しかけている。

「う、ウソでしょ？　でもこのお湯に浸かったら、本音しか言えないし。あのクリームを塗らない限りは……あっ」

No.13の手に、クリームのチューブがある。

「このお湯の色と香り。『ぶっちゃけバスソルト』が使われたのはすぐにわかりました」

さすがは優秀な天使。クリームを発見して、自分へ塗っていたのだろう。

そして恋愛フラグに、一泡《ひとあわ》ふかせたのだ。

「天使No.51。使用したのはあなたですね」

「うんボクだよ――って、ああっ、シラを切れない！」

「さて、しっかりおしおきをしますからね」

No.13は、恋愛フラグを引っ張って浴槽《よくそう》から出る。失恋フラグは途方《とほう》にくれたように、その側《そば》をうろうろする。

フラグちゃんは声をかけた。

「No.13さん、私たちとゲームするというお約束ですが――」

フラグちゃんたちが、恋愛フラグによりファンタジー風の仮想世界に閉じこめられたとき。

No.13は『天界に帰ってきたら、一緒にゲームしましょう』と約束したのだ。

「私、とっても楽しみにしてます」

No.13は微《かす》かに微笑《ほほえ》んだ。

生存フラグも口を開く。

「わしも、かなり楽しみにして……ええいこの入浴剤め、いまいましい。わしらもそろそろ上がるぞ」

フラグちゃんは笑ってうなずいた。

フラグちゃんたちが風呂から上がって、しばらく経《た》ち……大浴場の使用時間が過ぎたとき。

甲冑《かっちゅう》をまとう死神が、身をかがめて更衣室に入ってきた。

死神No.1だ。

入り口の鍵をしめる。

誰からも素顔などを見られないよう、いつも使用時間外に入るのである。脱衣カゴに髑《ど》髏《ろ》の仮面や甲冑を入れていき、一糸《いっし》まとわぬ姿になった。

大浴場で体を洗い、湯につかる。

そこに『ぶっちゃけバスソルト』が入っているとも知らず。

「死神No.２６９……」

親指の爪をかみながら、呪うようにつぶやく。

「どうして、あんな落ちこぼれが」

脳裏に、神様との会話が蘇《よみがえ》る。今からずっと前——仮想世界を作るとき、協力を頼まれた時のもの。

『神様、どうして№269のためのトレーニング用の世界など？』

『彼女は、うまく成長すれば今までにない〝優しい死神〟になれると思うんだ』

『……私がいれば十分ではないですか』

『え、なんて言ったんだい？』

『いえ……』


「『今までにない優しい死神』とやらが、そんなに欲しいのですか？」

№1は、爪をかみくだいた。

「わたしは神様のために、数え切れないほどの死亡フラグを回収してきたのに。それでは不満なのですか？　どうしてあいつの成長にばかりかまけて、私を褒めていただけないのですか？」

――№1には知る由《よし》もないが。

神様は№1が優秀であるがため、彼女を信じ切って放任《ほうにん》していた。

それが、致命的なすれ違いに繋《つな》がるとも気付かずに。

五話　フラグ回収対決（二）

■天界

フラグちゃん達《たち》が、皆で風呂に入った翌日。

神様は自室にいた。広大な図書館のような部屋だ。高い壁がすべて本棚になっており、大量の書籍がぎっしり詰まっている。

「うーん、なかなか次のフラグ回収のアイデアが浮かばないな」

神様はノートパソコンを前に頭を抱えていた。ネタ切れの漫画家のようである。

何かヒントはないかと、仮想世界の様子を視《み》てみる。

モブ男《お》が、自宅アパートの居間《いま》で首をかしげていた。ある不可解なものを発見したらしい。

神様はひらめいた。

「そうだ、この状況を利用してみようか」

一方、自室で起床《きしよう》したフラグちゃん。ペットに餌《えさ》をやり、歯磨きして髪を整え、パジャマから『死亡』Tシャツに着替える。

そして宮殿の、仮想世界へ通じる扉の前へ向かった。

（あれっ？）

モブ男《お》の死亡フラグが立っているのを感じる。

他の天使や死神は誰も来ていないが、フラグ回収のため仮想世界へ入らなければならない。

（モブ男さんと、久しぶりに二人きりに……いえいえ、あくまで回収が優先です）

ゆるみかけた表情を引き締め、扉をあけた。

■トゥルーマン・ショー妄想に取《と》り憑《つ》かれたらどうなるのか？

（俺の名はモブ男。先ほど、おそろしい事実に気付いてしまった）

それは。

「俺の人生は――リアリティ番組の撮影なのではないかということだ！」

「立ちました！」

『死亡』の旗を振り、フラグちゃんが現れた。

「モブ男さん。変な妄想に取り憑かれるのは死亡フラグですよ！」

「フラグちゃん……」

「あなたの考え方は『トゥルーマン・ショー妄想』といいます」

「なにそれ？」

「名作映画に『トゥルーマン・ショー』というのがあるのですが――」

その設定は、主人公が住む街が人為的《じんいてき》に作られたものであり、会う人間は全員俳優。

そして主人公の人生は、リアリティ番組として世界中で放送されているというものだ。

「トゥルーマン・ショー妄想は、その映画のように『自分も撮影され、世界中で視《み》られている』と思い込む症例《しょうれい》です」

フラグちゃんはニッコリ笑って、

「誰もモブ男さんのしょっぱい人生に興味なんてないから、大丈夫ですよ」

「慰《なぐさ》めながらディスってくるね……じゃあ、これ見てよ」

モブ男はテレビの脇を指さした。

フラグちゃんがよく見ると……小型のカメラのレンズが、こちらを向いていた。

「えっ、なんですかこれ」

「そこだけじゃないんだ」

モブ男《お》が示したところ――クーラー、ベッドの下、カーテンの裏、脱衣所など、あらゆるところに小型カメラが仕掛けられている。

「明らかにおかしいよ！」

「ほ、本当です……モブ男さんの人生はリアリティショーとして放送されてるんでしょうか」

フラグちゃんも怖くなってきた。

モブ男は顔面蒼白《そうはく》で、

「きっと、この街の全てが番組のセットなんだよ」

「そんな馬鹿な」

「モブ美《み》とかも、何者かに作られたアンドロイドかなんかで」

「……。…………」

そこはあながち間違いではない。モブ男も他の人物も、神様が作った練習用プログラムなのだ。

「フ、フラグちゃん……どうして否定してくれないんだ？」

まさか、と後ずさりして、

「き、君も、おれ主演のリアリティショーの出演者なのか？」

「は⁉」

「そう考えると、君が○ーゲンダッツを食べまくる理由も説明がつく」

全く意味がわからず、フラグちゃんが首をかしげると。

モブ男が、犯人を追及する探偵のように指さしてきた。

「番組のスポンサーが、○ーゲンダッツの会社だからなんだ！」

「私、広告してるわけじゃないですよ！」

モブ男は血走《ちばし》った目で、

「他の出演者も理由が説明できるぞ。生存フラグさんはお色気要員。恋愛フラグさんは、胸パッドのメーカーがスポンサーだからだ」

「二人に聞かれたら殺されますよ……」

「こうなったら、撮影スタジオであるこの街から脱出してやる」

モブ男はアパートを飛び出した。

道路を駆《か》けていると、背後に気配を感じた。振り返ると――電柱の陰に人が。

サングラスと帽子、コートを着ているため何者かはわからない。

……が、手にはビデオカメラを持っている。

「うあぁぁああ！　カメラマンがつけてきてる‼」

モブ男は慌ててタクシーを止めた。後部座席に乗り込み、

「はあ……はあ……運転手さん、できるかぎり遠くへやってくれ。頼む」

運転手は『この客、怪しい』と思った。

『できるかぎり遠く』なんて指示、普通はしない。金も持っていそうではない。運賃《うんちん》が何万円もかかる所まで行って、乗り逃げされたら困る。

「申し訳ないが、行けません。降りて頂けませんか」

「やっぱり……！」

怪訝《けげん》な顔をする運転手に、モブ男は叫《お》んだ。

「遠くへ行くと、この街が撮影セットだとバレるからだろ。そうなんだろ!!」

「な、なに言ってんだアンタ!!」

イカれたヤツと思われ、モブ男は追い出された。

(妨害に負けないぞ。ぜったい真実にたどりついてみせる)

再び、街から出ることを目指して走り出す。

後ろからは相変わらず、カメラマンが追いかけてきている。

(これ以上視聴者のオモチャにされてたまるか。こうなったら……)

モブ男は服を脱ぎ、すっぽんぽんになった。

「ははは、これなら放送できまい！」

だがカメラマンは、ためらいこそ見せたものの撮影を続行。

（放送するときは、モザイク処理すればいいってことか？）

　確かに水曜日のダウ○タウンとかでも、モザイク処理した芸人がよく出てくる。

　ならば……。

「レディボー○ン最高ー!!」

　番組のスポンサー、○ーゲンダッツのライバル商品名を言いまくる作戦。放送を少しでも妨害してやる。

　街を駆《か》け抜けていると、警官が追いかけてきた。

「なにをしてるんだ君、止まりなさい！」

「番組のスタッフめ、邪魔するな」

「な、なにを言っているのかね」

　あとずさる警官。

（俺が図星をついたから、動揺しているんだな）

　そう勘違いしたモブ男は、腹の底から絶叫する。

「レディボー○ン最高ー!!」

「意味がわからん!?」

　底知れないクレイジーさを感じたのか、警官はへたりこんだ。

　靴だけを身につけて疾走《しっそう》するモブ男。女性は逃げ惑《まど》い、親子連れは子供の目をふさぐ。

なかなかの地獄絵図だ。

そのときフラグちゃんが併走《へいそう》してきた。頬《ほお》を染めて目をそらしながら、

「モ、モブ男《お》さん。社会的な死亡フラグが、これ以上ないほど立ってますよ」

「来たな、○ーゲンダッツの宣伝要員。そのピコピコハンマー付きの大鎌は、バン○イあたりからオモチャとして発売されてるんだろ」

「それも妄想ですって」

「じゃあ俺の部屋の大量のカメラと――」

モブ男は、つけてくるカメラマンを指さした。

「あのカメラマンは、どう説明するっていうんだ！」

「確かにそれは……」

フラグちゃんが言いよどんでいると。


「アタシがどうかしたの？」


カメラマンが、澄んだ声を出した。

帽子とサングラスを外す。現れたのは――

「失恋フラグちゃん!?　君がテレビ撮影の……」

「テレビ⁉　アタシは愛するモブくんを、こっそり陰から撮影してただけよ」

頬を染めて、全裸のモブ男から目をそらす。

「まさかその、モブくんがこんな姿になっちゃうとは思わなかったけど」

ただのストーカー行為だったとは。

モブ男は、はたと思い当たった。

「で、ではまさか……俺の部屋のカメラは」

「うん、アタシ♥」

モブ男は顔面蒼白《そうはく》になった。

フラグちゃんは、ひきつった笑顔で、

「リアリティショーじゃなくて、よかったですねモブ男さん」

「別の恐怖が明らかになったんだけど⁉」

まさか隠しカメラまで使う、ストロングスタイルのストーカーとは思わなかった。

モブ男は大きく息をはき、

「でも確かに、よかったかも……」

「なにがよかったのかね」

声がした。

そちらを見れば、若い警官がこちらへ近づいてくる。

フラグちゃんがスマホを持ち、少し申し訳なさそうに言った。

「場所を通報させていただきました。社会的な死亡フラグ、回収させていただきます」

「くっ、ここまでか……」


「立ったぞ?」


生存フラグが現れた。

「ピンチでの『くっ、ここまでか……』は生存フラグじゃ」

豊かな胸の下で腕組みし、警官に言い放つ。

「こやつは、わしとデモをしていたのじゃ」

「デ、デモ?」

「そう。動物愛護——毛皮や羽毛《うもう》などの製品利用に反対するデモじゃ。海外では、こやつのように全裸でやることが多い。わしも最低限の衣服しか身につけておるまい」

生存フラグの美貌と堂々とした姿に、警官もたじろぐ。その隙をついて、モブ男《お》は逃げようとしている。

フラグちゃんは再び、失恋フラグの言葉を思い出す。

『フラグ回収なんて不確定《ふかくてい》要素だらけだわ。何より大事なのは応用力よ』


（生存フラグさんの主張を論破《ろんぱ》するには……そうだ！）

ひらめいたフラグちゃんは、生存フラグに告げる。

「では貴方《あなた》は、なぜ背中に羽製品をつけているんですか？　羽毛反対ならつけちゃダメですよね」

「む、むむむ……これは羽製品ではなく……」

生存フラグの身体《からだ》の一部なのだが、それを警官に説明すると話がややこしくなる。

「デモというのは、ウソですよね！」

「……ふん、やるな」

生存フラグは消えた。

「ちょ、生存フラグさーん⁉」

叫ぶモブ男の手に、手錠がかけられた。

猥褻物陳列罪《わいせつぶつちんれつ》――社会的な死亡フラグの回収に、フラグちゃんは成功したのだ。

現在のフラグ回収数　フラグちゃん：2　失恋フラグ：2

⚑天界

扉を通り、天界へ戻ってきたフラグちゃんたち。

失恋フラグが、ふんと鼻を鳴らして、

「これでイーブンか。№269、アンタ思ったよりやるじゃないの」

「あ、ありがとうございます」

「……でも悔しいわ。全裸のモブくんをモブ美《み》と遭遇《そうぐう》させれば、失恋フラグを回収できたのに」

頬《ほお》をぽっと染めて、

「モブくんの『ダビデ像』のような裸体《らたい》が、アタシを狂わせたわ」

この人の目は大丈夫だろうか、とフラグちゃんは思った。

失恋フラグは気を取り直した様子で、

「まあいいわ。隠しカメラでたくさん撮れたし。アタシしか知らないモブくんの姿がね」

「むむっ」

なんか知らないが、盗撮でマウントを取られている。

フラグちゃんはスマホを取り出し、録音アプリを起動した。

流れてきたのは、モブ男《お》の甘ったるい声だ。

『フラグちゃん――I《アイ》　LOVE《ラブ》　YOU《ユー》』

『OH《オー》……君はいけない死神。俺の心も、その大鎌でしとめてしまったんだね』

「な、なによそれー！」

「以前行ったファンタジー風の仮想世界で、モブ男さんが私に言ってくれた言葉です」

その時モブ男は、アイテムの効果でフラグちゃんにベタ惚《ぼ》れになっていた。だがそれをわざわざ言うこともあるまい。

フラグちゃんは薄い胸を張り、

「ふふん、どうですか」

「け、消しなさいよー！」

つかみ合いになる二人。

生存フラグが呆《あき》れ顔《がお》で肩をすくめた。その隣には恋愛フラグもいる。

「なんという、不毛《ふもう》なマウントの取り合いじゃ……ところで、あのうすのろはどこじゃ」

「神様は、大浴場の掃除してるみたいだよ。だから今日の特訓はここまでかな。みんな、またね～」

恋愛フラグは身をひるがえし、天使寮へ向かう。

掌《てのひら》の上の薬瓶《くすりびん》を見つめ、

(ふふふ。明日《あした》はボクが、この天界アイテムでかき回してあげようっと)

▶サイコメトリー能力を得たらどうなるのか？

翌日。

フラグちゃんは仮想世界への扉の前にやってきていた。今日も彼女が一番乗りのようである。

(少し早く来すぎたでしょうか)

時間を持《も》て余《あま》し、スマホでスイーツ特集などを見ていたが……

(モ、モブ男《お》さんは今、どうしてるでしょう。決して会いたいからではなく、ターゲットの観察をしたいからで)

ガバガバの言い訳をしながら、扉をあけ、モブ男の部屋へ行ってみる。

だが、誰もいなかった。

ゴミがあちこちに落ちているし、衣類なども散らばっている。

「ベッドもぐちゃぐちゃです。だらしな……」

フラグちゃんは少し躊躇《ためら》ったあと。

ベッドに横たわり、布団にもぐった。

（モ、モブ男さんの匂い）

なんか汗くさいが、不思議と安心する。

……ふと思いついてスマホを手に取り、録音アプリを立ち上げる。


『フラグちゃん――I《アイ》 LOVE《ラブ》 YOU《ユー》』

『OH《オー》……君はいけない死神。俺の心も、その大鎌でしとめてしまったんだね』

（あわわわわわわわ!!）

モブ男の布団の中で聞くと、破壊力がえげつない。抱きしめられ、耳元でささやかれているかのよう。

――そのとき玄関の鍵が回され、ドアが開いた。フラグちゃんは慌てて布団から飛び出した。

「あれ？　フラグちゃん。どうして俺の部屋に？」

「い、いやその、おかずを作りすぎたのでお裾《すそ》分けに……あ、逃げないでくださーい！」

フラグちゃんの料理の致死性《ちしせい》を知っているモブ男《お》は、回れ右した。

なんとか呼び止める。モブ男はひどく疲れた様子で、居間に腰を下ろした。

「何かあったんですか」

モブ男は、うつろな目で、

「街を散歩してたら、ふと、スカートめくりをしたくなってさ」

「最低の導入」

「『超能力が欲しいなー』って呟《つぶや》いたんだよ。そしたら師匠——恋愛フラグさんから『サイコメトロンX』って薬をもらってね。サイコメトリー能力を得られるらしいんだけど」

「サイコメトリー……物体に触れることで、以前に触った人の残留思念《ざんりゅうしねん》を読み取る能力ですね」

海外では行方不明者の捜索《そうさく》や、考古学の研究に使われた事例《じれい》もあるという。ただ、スカートめくりが出来るようなものではない。

モブ男は額に手を当てて、

「ファミレスでメシを食おうとしたら、スプーンの残留思念を読み取ってしまい……数々の知らんオッサンが、そのスプーンで食べてる映像が浮かんだ」

「それはまあ……お気の毒に」

「男子トイレの個室に入ったら、今まで便座に座ってきたオッサンの残留思念を」

「ええ」

「道端《みちばた》のエロ本を拾ったら、元の持ち主のオッサンの残留思念が見えて、吐きそうになった」

「なんでサイコメトるとわかってるのに、エッチな本拾うんですか……」

アホを見る目をするフラグちゃん。

モブ男は、よろめきながら立ち上がる。

「疲れたから寝るよ。俺のベッドなら俺の残留思念だけだろうし」

（……え）

フラグちゃんの全身を、冷や汗が伝う。

モブ男が布団に入ったら……先ほどエキサイトしていた己《おのれ》の残留思念を読まれるではないか。

フラグちゃんはベッドの前で両手をひろげた。

「だ、だめです！　ここで寝たら死にます」

「俺のベッド、雪山？」

モブ男が首をかしげたとき。

「こんにちは～モブく～ん！」

オッドアイの少女が現れた。

失恋フラグが立ったのではなく、フラグちゃん同様モブ男《お》に会いにきたようだ。甘える
ような上目遣いで、

「アタシちょっと風邪気味《かぜぎみ》で。ちょっとモブくんのベッドで寝かせてくれない？」

「体調不良なのに、わざわざここまで来たの？　まあいいけど」

モブ男は台所へ向かっていく。

「お粥《かゆ》を作ってあげるよ」

「モブくん、優しい♥」

うっとり見送る失恋フラグ。

フラグちゃんは細い首をかしげた。

（『風邪気味』？　死神は、病気にかからないはずですが）

失恋フラグを見れば、異様に息を荒げてベッドへ向かっている。

そして、横になった瞬間……怒りの形相《ぎょうそう》で、フラグちゃんを睨《にら》みつけてきた。

「ちょっとアンタ！　モブくんのベッドで寝たでしょ！」

「な、なんでわか……あっ」

フラグちゃんは、ハッとした。

「もしかして『サイコメトロンX』を飲みましたか？」

「そうよ！　モブくんの布団に入って彼の香りに包まれながら、残留思念《ざんりゅうしねん》を味わい尽くす計画だったのに」

「ストーカーに、絶対与えてはいけない能力……」

「誰がストーカーよ！　それにこの布団かなり臭いし、枕はフケだらけだわ。アンタが寝たからでしょ！」

「濡《ぬ》れ衣《ぎぬ》にも程がある！」

二人が不毛《ふもう》な争いをしていると。

「なに騒いでるの？　お粥できたよ」

モブ男が茶碗《ちゃわん》を持ってきた。お粥をすくい、失恋フラグの口へ運ぶ。食べさせるつもりらしい。

「あ、ありがとモブくん♥　あーん」

（むむむ）

羨《うらや》ましそうに見つめるフラグちゃん。

そして、お粥を食べた瞬間。

「ぎにゃ————!!」

失恋フラグは、目を回して気絶した。

モブ男《お》は驚いた。

「ど、どうしたんだ？　フラグちゃんの料理じゃあるまいし」

「さらっと失礼なことを……って、もしかして」

フラグちゃんは、モブ男が持っているスプーンを見つめる。これで、お粥《かゆ》を食べさせたのだ。

そしてモブ男の言葉を思い出す。

『スプーンの残留思念《ざんりゆうしねん》を読み取ってしまい……数々の知らんオッサンが、このスプーンで食べてる映像が浮かんだ』

おそらく失恋フラグは、モブ男と何度も間接キスをしたような気持ちになったのだろう。

幸せそうな顔で気絶している。

■天界

フラグちゃんは目を覚ました失恋フラグと、扉を通って天界へ戻った。

「二人とも、おかえり～」

今回の騒動の元凶《げんきょう》・恋愛フラグが笑顔で迎えてくれた。神様と、生存フラグもいる。

失恋フラグが、恋愛フラグに抱きつく。

「れんれん、ありがと～！　モブくんのスプーンをサイコメトリーしたときは、脳が飛んだわ」

「そ、そう……」

ちょっと引いている恋愛フラグ。

近くでは、神様がノートパソコンの前で頭を抱えていた。

仮想世界のシチュエーションが浮かばず、苦労しているようだ。近くには『アイデアの生み出し方』『発想術』などの本が積み上がっている。

その背後では生存フラグが腕組みし、

「このうすのろめ。さっさとネタを出さんか」

「厳しめの漫画編集者のようだね君《きみ》」

「やかましい…………ん？　モブ男《お》の生存フラグが立っておるな」

仮想世界でのフラグは、練習プログラムであるモブ男自身が勝手に立てることもある。

生存フラグは、仮想世界に入っていったが。

十分ほどして、すぐに出てきた。なぜかその表情は暗い。

（どうしたんでしょう）

フラグちゃんが声をかけようとした瞬間――モブ男の死亡フラグが立つのを感じた。

生存フラグのことは心配だが、優先すべきはフラグ回収だろう。生存フラグもそうして欲しいはずだ。

フラグちゃんは、仮想世界への扉をあける。

「なんだか面白そう。ボクもいこっと」

恋愛フラグもついていく。その後を、失恋フラグも追った。

「れんれん待ってよ〜」

生存フラグは少し迷っていたが、三人に続いた。

一人残った神様は、ネタ出しを続ける。

「何かないかな。フラグ回収勝負にふさわしい、死亡フラグも失恋フラグも立つようなシチュエーション……」

そのとき、甲冑《かっちゅう》の音が近づいてきた。死神№1だ。

「神様、ずいぶんお悩みのようですね」

仮想世界への扉を見つめて、

「また№269の成長について考えておられるのですか。わざわざ神様がお手をわずらわせなくても」

「いや、死神№51との勝負は、『優しい死神』に成長するチャンスだからね。できる限りのことはしてあげたいんだ」

「……」

№1の嫉妬《しっと》の炎が、さらに燃え上がる。

神様は人格者であり、部下を大切にする上司ではあるが……№1の地雷を踏みまくっていることに気付いていなかった。

■記憶喪失《そうしつ》になったらどうなるのか？

さえないモブ顔の男が、病院の個室のベッドに横たわっている。

(俺の名は……俺の名は、なんだっけ？)

思い出せない。どうやら……

(記憶喪失になっちまったみたいだ)

「立ちました！」

フラグちゃんが『死亡』の小旗を振り、現れた。生存フラグ、恋愛フラグ、失恋フラグもいる。

「記憶喪失は死亡フラグですよ！　モブ男《お》さん」

「モブ男⁉　何ですかそれ」

「あなたの名前です」

「なんて投げやりな名前なんだ……」

モブ男は愕然《がくぜん》とした。

それからベッド脇の、個性豊かな美少女たちを見あげ、

「ところで、あなた方はいったい？」

フラグちゃんは説明した。『自分たちは天界からやってきた、フラグ回収のための死神や天使』ということを。

「ははあ……僕にはすごい知り合いがいたんですね」

モブ男は唖然《あぜん》としつつ、

「ところで僕は、どういう人間だったんですか？」

生存フラグが一瞬も迷わずいった。

「一言で言うと、クズじゃ」

「クズ⁉」

「うむ。大きな胸を見れば欲情し、脳内は卑猥《ひわい》なことで満ちあふれ――」

そして、こうまとめる。

「歩く猥褻物《わいせつぶつ》。それがキサマじゃ」

「そ……そんな」

顔面蒼白《そうはく》になる猥褻物。

恋愛フラグがスマホを操作して、画面をモブ男《お》に見せた。

「これが証拠かな。モブ男くんがバニーガール姿で、ショッピングモールを歩いているところ。あと街を全裸で徘徊《はいかい》し、警官に手錠をかけられたところ」

「歩く猥褻物ではないですか!!」

モブ男は頭を抱え、

「俺なんか、死んだ方がいいんじゃないでしょうか」

まあ死亡フラグ回収の練習台なので、あながち間違いではない。

「違うわ！　モブくん」

失恋フラグが、モブ男の顔をのぞきこんで、

「モブくんは凄《すご》いイケメンで、優しくて、王子様みたいな人よ」

「生存フラグさんの説明と、とても同一人物とは思えないんですが!?」

愛ゆえの、認知《にんち》の歪《ゆが》みだ。

「でもモブくん、どうして記憶喪失《そうしつ》になったの？」

「それがわからないんです。頭にモヤがかかったようになって」

モブ男は額に掌《てのひら》を当て、溜息《ためいき》をつく。

「すみません……少し疲れました。今日はもう、帰っていただけませんか」

「でも」

心配そうなフラグちゃんに、モブ男はいう。

「お願いです、死亡フラグさん」

「……っ」

いつもの呼び方でないことに、フラグちゃんは胸がしめつけられた。

「わかりました」

フラグちゃんは三人とともに、天界へ戻っていった。

▶退院

数日後、モブ男は退院の日を迎えた。

入院していても治療のしようがなく、日常生活を送って自然に記憶が戻るのを待つしかないらしい。幸いなことに、家事や身支度《みじたく》など、生活に最低限必要な行動は忘れていなかった。

自宅アパートまでは、フラグちゃんが送ってくれた。

「僕はしばらく、家でじっとしていますよ」

「それなら記憶喪失《そうしつ》でも、死亡フラグは立たないですね」

「はい――さようなら、死亡フラグさん」

最後まで敬語を崩さないモブ男《お》に、フラグちゃんは悲しそうに去って行った。

モブ男が居間でボーッとしていると……インターホンが鳴る。

玄関ドアをあけると、オッドアイの少女が立っている。モジモジして、落ち着かない様子だ。

「モブくん……」

「あなたは確か、失恋フラグさん」

「先日はちょっと、言い忘れていたことがあって」

失恋フラグは少しためらったあと。

胸に手を当てて、言い放った。

「モブくんは、実はアタシと……つきあってたの!!」

「えええっ！」

モブ男は驚いた。

「ぼ、僕と、あなたみたいな凄《すご》く可愛《かわい》らしい女性が」

「ひゅっ」

喉奥《のどおく》から変な音を漏らす失恋フラグ。

真っ赤になった頰《ほお》に両手を当てて、

「も、もうモブくんったら」

「でも信じられません。何か証拠とかありますか？」

「そうね……モブくんの本棚になにが置いてあるかや、いつも使ってる歯磨き粉の種類、そして下着の場所も知ってるわ。一つ一つ挙《あ》げると――」

それらの言葉を、モブ男は一度室内へ戻って確認してみた。

「全て、あなたのいうとおりです」

「でしょう。愛の賜物《たまもの》よ！」

隠しカメラの賜物ではある。

モブ男は居間に失恋フラグを通し、座卓《ざたく》を挟んで向き合った。

「ところであなたと僕は、どれくらいお付き合いを？」

「そ、そうね……二年くらいかしら」

適当に言った失恋フラグに、モブ男は、

「結構長いですね。じゃあ、俺の親に紹介しないと」

（お、親御《おやご》さん？　モブくん創造したのって、神様よね）

「そういえば、俺の親ってどうしてるんだろ？　見舞いにも来《こ》なかったし……親どこに住んでるか、知ってます？」

失恋フラグは、おずおずと言った。

「て、天界……」

「俺の親、もう死んでるんですか!?」

モブ男《お》は唇を噛《か》みしめ、

「でも――失恋フラグさんの親には、会っておかないといけませんね。どんな方ですか」

「えっと……その」

失恋フラグは目をそらし、口ごもりながら、

「モブくんの親と、同一人物っていうか……」

「俺と貴方《あなた》、きょうだいなんですか!?」

モブ男は衝撃を受け、頭を抱えた。

「きょうだい間で男女関係に……!?　まさに俺は『歩く猥褻物《わいせつぶつ》』……！」

激烈《げきれつ》に自己嫌悪していると、

「キサマ、なにデタラメ吹きこんどるんじゃ！」

生存フラグが現れた。手には買物袋を持っている。後ろには恋愛フラグもいた。

「モブ男の面倒《めんどう》はわしがみる」

「はぁ!?　なんで生存フラグさんが」

立ち上がって睨《にら》みつける失恋フラグ。

生存フラグはそれを無視し、袋から食材を取り出す。料理を作るようだ。

恋愛フラグはピンときた。

（はは～ん……もしかしてモブ男くんの記憶喪失《そうしつ》の原因、せーちゃんかな？）

でもなければ、生存フラグはモブ男の面倒など見ないだろう。

そういえばモブ男の死亡フラグが立つ前、生存フラグは一人で仮想世界に入っていった。

そのときモブ男の頭に蹴りでもいれたのだろう。

恋愛フラグは、モブ男に耳打ちした。

「モブ男くん、実は」

「はい」

「実はせーちゃん――生存フラグこそ、君の恋人なんだよ」

「ええっ!?」

「だって、せーちゃんが誰かのために手料理作るなんて、とっても珍しいんだよ？　ましてや男性にだなんて」

それにね、と生存フラグの後ろ姿を指さして、

「せーちゃんがなんで、あんな大胆な恰好《かっこう》で生活してるかわかる?」

「いえ」

「彼氏であるモブ男《お》くんが『四六時中《しろくじちゅう》お前は包帯だけを巻いて生活しろ』と言ったからだよ」

「俺、鬼畜《きちく》じゃないですか!!」

だが『歩く猥褻物《わいせつぶつ》』なら、それくらい命じても不思議ではない。

恋愛フラグは目元をぬぐい、

「せーちゃん、健気《けなげ》だよね……モブ男くんは記憶を失ったのに、命じられたことを守ってるんだよ」

「生存フラグさん……!」

モブ男は感動した。

恋愛フラグは失恋フラグの襟首《えりくび》をつかみ、引きずっていく。

「さぁ帰るよ」

「ちょ、どうしてよ。れんれーん!」

「あとは天界からじっくり観察……じゃなくて、天界でお茶でもしましょ」

「れ、れんれん♥」

失恋フラグはチョロく説得され、一緒に帰っていった。

生存フラグが肩をすくめ、

「ようやく、うるさい奴《やつ》らがいなくなったな」

(恋人の俺と二人きりになって、嬉《うれ》しいってことかな?)

少し経《た》ってから、生存フラグがテーブルに料理を並べ始めた。彼女は食べないらしい。

ご飯に味噌汁《みそしる》、おひたし、それに……

「メインはサバの味噌煮《みそに》にしてみた。ドリンクはバナナのスムージー。『青魚《あおざかな》やバナナは記憶にいい』というからな。まあ記憶喪失《そうしつ》にどれほど効果があるかはわからんが」

(なんて彼氏思いなんだろう)

モブ男《お》は感動しつつ、食べ始めた。

全体的にやや薄味だが、しっかり出汁《だし》がきいている。

「美味《おい》しいです」

「ふん」

鼻を鳴らす生存フラグだが、どことなく嬉しそうだ。羽が微《かす》かに動いている。

「それに……ありがとうございます。そんな恰好《かっこう》をしてもらって」

「はぁ? 別にキサマのためではないわ」

(ツンデレってやつだな)

モブ男は、ますます生存フラグが愛《いと》おしくなった。

（恋人同士なんだし、もっとイチャイチャしたい）

食事を終え、二人で食器を洗い終えると……モブ男は思い切って言った。

「キ、キスしていいですか？」

「なぜじゃ!?」

「（恋人なら）当然じゃないですか？」

「（記憶喪失の原因なら、それくらいして）当然じゃと？　……キサマなぜそれを知っておる？」

「恋愛フラグさんに教わりました」

「あやつめ」

カンのいいヤツ、と生存フラグは吐き捨てた。

モブ男はキスすべく「ん〰〰」と唇をタコのように突き出した。

（ひいっ）

生存フラグの全身に、鳥肌が立つ。

（記憶喪失の原因なら、ふしだらなことをされても我慢しろということか。ここまで下劣《げれつ》じゃったとは……！）

モブ男はクズだが、それでも譲《ゆず》れない一線があると思っていた。

「見損《みそこ》なったぞ！」

生存フラグは激昂《げきこう》し、モブ男《お》を両手で突き飛ばした。彼は後頭部を壁にぶつけた。

「しまった。記憶喪失《そうしつ》のヤツになんということを」

だが、ぶつかった衝撃でモブ男の記憶が戻った。


（そうか、俺は入院前――生存フラグさんにカカト落としを食らって、記憶喪失になったんだ！）

「モブ男、大丈夫か？」

「あ、はい」

生存フラグはモブ男の頭を触って、

「コブなどはないようじゃな、よかった。ではもう歯磨きや入浴をして、寝るがいい」

その瞬間、モブ男にゲスな閃《ひらめ》き。

（まだ『記憶喪失が治った』と言うのは勿体《もったい》ない）

あどけなく、幼児のように首をかしげる。

「歯磨き……？　歯磨きってどうするんですか？」

「いやキサマ、日常生活はできたのではないのか？」

「そうだった筈《はず》なんですけど、頭にモヤがかかったようにわからなくなって」

　生存フラグは、ハッとした。

「もしかして、さっきの衝撃で記憶喪失が悪化。『手続き記憶』が失われたというのか……？」

『手続き記憶』とは自転車の乗り方、泳ぎなど、一度覚えれば簡単には忘れない記憶のことだ。

「歯を磨かないのは、虫歯だけでなく、あらゆる病気に繋《つな》がる死亡フラグ。わしが見逃すわけにはいかん」

　生存フラグは、大きな溜息《ためいき》をついて正座。膝《ひざ》をぽんぽん叩《たた》いた。

「……仕方ない、ここで磨いてやる」

（わーい！）

　歓喜《かんき》を押し殺し、モブ男は仰向《あおむ》けで膝枕《ひざまくら》された。

　──彼はその光景を、生涯忘れないだろう。

　眼前にそびえ立つ雄大《ゆうだい》な双丘《そうきゅう》。生存フラグがモブ男の歯を磨くたび、ふるふると小刻みに揺《ゆ》れている。

「口は開《あ》けっぱなしでなく、食いしばれ。イーッとしろ、イーッと」

「イーッ」

まさに至福《しふく》のひととき。だが歩く猥褻物《わいせつぶつ》は、これでも満足しない。

歯磨きを終えたあとも、ヘドロのような野望を燃やす。

(次は『風呂の入り方もわからない』とか言って、二人でバスタイムを……)

――そのときポケットのスマホが鳴った。

モブ美《み》からの通話だ。反射的にとる。

「なんだいモブ美？　君からかけてくるなんて珍しい」

『単なる明日《あした》のデートの確認よ。アンタのことだから忘れてるんじゃないかと思って』

「忘れるわけないさ！　一ヶ月近く頼み込んで、ようやくOKもらえたんだもん！」

『ああそう……せいぜい遅《お》れないでね。あと店の予約もしといて』

電話を切ったあと、モブ男はスマホで店の予約もする。

そしてモブ男は、額に手を当てて、

「ああ、風呂の入り方もわからなくなった。生存フラグさん、どうか手伝って……」

ドン。

生存フラグが足で、モブ男を壁ドンしてきた。碧《あお》い目は殺気に満ちあふれている。

「おい……いま、電話で言ったな？『一ヶ月近く頼み込んで、ようやくOKもらえた』と」

(げえっ)

「それにスマホを随分流暢《ずいぶんりゅうちょう》に使いこなしておったな？　風呂の入り方は忘れたのに」

モブ男《お》は観念し、白状しようとしたが。

生存フラグが、見たこともないほどニッコリ笑った。

「おぉすまぬ。わしとしたことが疑ってしまって……風呂の入り方を手取《てと》り足取《あしと》り教えてやるからな」

（やった！　背中洗って貰《もら》えるかも……）

「湯船で逆立ちして、そのまま腕立てを千回するのじゃ」

「ひいいいい!!」

腕で身体《からだ》を持ち上げなければ、呼吸ができないだろう。まさに地獄。


「立っちゃった！」


失恋フラグが再び現れた。

「デートの約束があるのに大ピンチになるのは、デートに行けないフラグ。つまり失恋フラグよ！」

「助けてー！」

「ぴえん。そうしてあげたいけど、アタシは男女を別れさせるのが仕事だから」

失恋フラグは、ちょっとバツが悪そうに、

「アタシ自身は、モブくんと結ばれようと思ってるけど……」

「ダブルスタンダード！」

モブ男は生存フラグに風呂へ引きずられていった。

そして。

罰により半死半生《はんしはんしょう》となったモブ男は、翌日のデートに行けず、モブ美《み》にフラれた。

現在のフラグ回収数　フラグちゃん：2　失恋フラグ：3

■天界

生存フラグと失恋フラグは、天界へ戻る。

それをフラグちゃん、恋愛フラグが迎えてくれた。

生存フラグは気まずそうに、頬《ほお》をぽりぽりと掻《か》いて、

「す、すまんかったな。モブ男の記憶喪失《そうしつ》の原因がわしだと黙っていて」

「まあどうせモブ男さんが、セクハラでもしたんでしょう？」「毎度のことだよね～」

「あいつへの、ダメな方への信頼感が凄《すご》いな……」

生存フラグは呆《あき》れつつ、周りを見る。

神様は風呂掃除に行ったらしく、いなかった。

その代わりにいたのは……死神No.13だ。

「皆さん、お疲れ様です。仕事が早めに終わったので、見学に来ました」

失恋フラグに紅《あか》い瞳を向け、

「仮想世界の様子を見ていましたが……チャンスと見るや、すかさず失恋フラグを回収する手腕。お見事です」

「ふふん、当然ですよ！」

腰に両手を当てて、ドヤる失恋フラグ。

続いてNo.13は、フラグちゃんを鋭く見下ろす。

「それに引き替えNo.２６９――モブ男《お》が貴方《あなた》の記憶を失ったくらいで落ち込み、フラグ回収をおざなりにしてはいけません」

「はい……申し訳ありません」

返す言葉もなく、フラグちゃんは頭を下げた。

「なにより大事なのは、最後まで諦《あきら》めないことです……まあ、お説教はこのくらいにして」

No.13は皆を見回して、

「これから約束の、ゲームをしませんか？」

四人は顔を見合わせ、うなずく。

№13は微笑した。

「ではどこでやりましょうか。私の部屋でもいいですが」

「あ、あの、そのっ」

フラグちゃんは少しためらったあと、思い切ったように言った。

「私の部屋では、いかがでしょうか？」

六話　死神No.13とゲームをしたらどうなるのか？

No.13、生存フラグ、恋愛フラグ、失恋フラグは、フラグちゃんに先導されて死神寮へ向かう。

その途中で恋愛フラグとNo.13は自室に寄って、荷物をとってきた。

死神寮の、フラグちゃんの部屋の前へ到着。彼女がドアをあけると、

「お邪魔しますよ」

No.13たちは、ぞろぞろと中に入った。

綺麗《きれい》に片付いたシンプルな部屋だ。ベッドにクローゼット、小さな本棚の上にはクマのぬいぐるみ。中央には正方形の座卓《ざたく》が置かれている。

「ううっ」

フラグちゃんの金色《こんじき》の瞳に、じわっと涙が浮かぶ。

生存フラグが慌てて、

「お、おい、どうした？」

「以前までボッチだったので、お友達《ともだち》を部屋に呼ぶの初めてなんです。だから嬉《うれ》しくて」

「感動のハードルが低い……」

生存フラグは切なくなった。

いっぽう失恋フラグは、窓枠《まどわく》を指でなぞって、

「ふん！　ホコリがたまってるわね。これではモブくんの彼女としては失格ね」

何目線《なにめせん》かわからないことを言っている。

生存フラグが何となく本棚を眺《なが》めていると、

（ん？　これは）

アクリルケースに『モブ男《お》を模《も》した折り紙』が飾られている。ファンタジー風の仮想世界にいたとき、生存フラグがフラグちゃんにプレゼントしたものだ。

（大切にしておるんじゃな）

生存フラグが胸を温かくしていると、

「ジー」

妙な鳴き声が聞こえた。見ればトカゲのぬいぐるみのような生き物が、のそのそ近づいてくる。色は白と黒。両の掌《てのひら》に乗るほどの大きさだ。

「ただいま～。いい子にしてた？」

フラグちゃんが抱き上げて、頬《ほお》ずりしながら、

「私のペットのサラマンダー、コンソメ丸です」

「コ、コンソメ丸？」

フラグちゃんのセンスに、生存フラグは微妙な顔をした。

「この子の大好物・ポテトチップスのコンソメ味からとりました」

（わしは猫派じゃが……なかなか可愛《かわい》いな）

撫《な》でたくて、うずうずする生存フラグ。

それを見たフラグちゃん。コンソメ味のポテトチップスの袋をあけ、数枚を生存フラグに握らせた。

それをコンソメ丸が食べはじめた。手に付いた粉もペロペロなめてくる。そして嬉《うれ》しそうに、

「ジー！」

（ふぉおおお）

生存フラグの口元がほころんだ。

それを横目に、№13が腕組みして、

「ではなんのゲームをしますか？　いちおうゲーム機や、私の好きなボードゲームは持ってきましたが」

「でもそれだと、№13さんに有利になるよね。そこで――」

恋愛フラグが、座卓《ざたく》に箱を置く。

その中から、紙やルーレットなどを取り出した。紙にはマス目が書かれている。

「これは、前に天使寮の倉庫をさぐってたら見つけたすごろくなんだ。すごろくなら運ゲーだから、フェアでしょ？」

恋愛フラグは笑顔で説明しつつ、内心こう思っていた。

（実はこれ、ボクが作ったんだよね～。その名も『リアル罰ゲームすごろく』！）

このすごろくでは、マス目に止まるとそこに文字が浮かび上がり……

その命令を実行しないと、いけないのだ。

一度すごろくを始めたら、誰かが上がるまでやめることはできない。

なお、ルーレットにも仕掛けがある。

（ボクが回したときだけ、軽めの罰に止まるようにしてるんだよね～）

このゲームで、フラグちゃんはもちろん……No.13がどういうリアクションをするのかも楽しみだ。先日の風呂では一本とられたし。

（うふふ☆）

心中《しんちゅう》ほくそ笑む恋愛フラグに。

No.13は疑いの目を向けていた。

（『フェア』ですか）

策謀家《さくぼうか》が『フェアで行こう』とか言うのは、イカサマフラグである。

だというのに、フラグちゃんは脳天気に微笑《ほほえ》んでいる。

「わぁ、すごろくなんて久しぶりです」

(なぜ何度もダマされたのに、怪しまないのですか……!?)

人が良すぎる、と思ったとき。

「さすがれんれん。面白そう……って、わわっ」

失恋フラグがつまづき、ルーレットの上に手をついた。

それにより、ルーレットの針が大きく曲がってしまった。

「ぴえん……ごめん、れんれん」

「だ、大丈夫。直すから」

慌てて修理にとりかかる恋愛フラグに、№13はいった。

「大丈夫。私が持ってきたボードゲームのサイコロを使いましょう」

「えっ」

「それとも……そのルーレットでないと、なにか困ることでも?」

「や、やだな〜。そんな事あるはずないじゃない」

笑う恋愛フラグだが、内心かなり焦《あせ》っていた。

(あの子のおかげで……イカサマ無しで、罰ゲームすごろくをやらなきゃいけなくなっちやった！）

やはり失恋フラグは、恋愛フラグの天敵のようだ。

🏴

すごろくが始まった。

ジャンケンで決まった順番は、№13、フラグちゃん、生存フラグ、恋愛フラグ、失恋フラグである。

「まず私からサイコロを振りますね……『6』ですか」

№13がコマをすすめる。止まったマスに文字が浮かび上がった。

『尻文字《しりもじ》で、自分の名前を書く』

笑顔をかみ殺す恋愛フラグ。

（こ、これはいいマス！　クールな№13さんには、耐えがたい命令のはず）

だが№13はすぐに立ち上がり、顔色一つ変えず、かたちのいいお尻を動かす。そして

『死神No.13』と書く。

するとすごろくから『ピンポーン』と音がした。どうやらこれが、命令をこなしたという証《あかし》らしい。

「どうせ実行せねばならないなら、恥ずかしがるだけ時間の無駄です」

（さ、さすが効率厨《ちゅう》……）

恋愛フラグは肩を落とした。

次はフラグちゃんがサイコロを振る。止まったマスには、こう出た。


『ゲームが終わるまで「黙れ」しか言えなくなる』


フラグちゃんは戸惑った様子で「黙れ、黙れ、黙れ」と口走《くちばし》る。どうやら強制的に、この言葉しか喋《しゃべ》れなくなるようだ。

「なかなか厄介じゃな。これでは会話もできん」

生存フラグはフラグちゃんに、こう提案した。

「では『はい』は、黙れを1回。『いいえ』は黙れを二回言うことにせよ」

「黙れ」

「貴様ナメとるのか!?」

生存フラグは反射的にキレたあと、はっとして、

「す、すまぬ。『はい』ということじゃな。次はわしか」

生存フラグが『2』を出した。マスに浮かび上がったのは……


『神様の新作の服を着る』


「なんじゃこれは」

恋愛フラグはクスクス笑いながら、

「あー、神様は服を作るのが趣味だからね」

フラグちゃんの『死亡』Tシャツも、神様が作ったものだ。

「お願いして、新作を貰《もら》ってこいってことじゃない？」

「……待っておれ」

生存フラグが部屋を出て行った。神様の所へ向かったのだろう。

十分ほどして戻ってきた。

白いTシャツを着ており、胸元に大きく『生存』と書かれている。

「あ、しーちゃんのと似てるね」

だが、胸が豊かすぎて文字がゆがんでいた。裾《すそ》が長いため下腹部《かふくぶ》の包帯が見えなくなり、

シャツ一枚しか着ていないようにも見える。

「なんか露出度《ろしゅつど》が減ったのに、逆にエッチだね」

「やかましいわ」

生存フラグは耳まで赤くなっている。

次は恋愛フラグの番だ。

（お願いだから、軽い罰が来てよ！）

祈《いの》りながらサイコロを振ると『3』が出た。進んだマスに浮かんだのは……


『あなたと失恋フラグ以外の時間が止まる』

『一週間、失恋フラグの恋バナに付き合わないと時間は動かない』


（なにこれ、地獄？）

見れば№13、フラグちゃん、生存フラグ、コンソメ丸の動きが止まっている。

失恋フラグがオッドアイを輝かせて、

「これのどこが罰なの？　じゃあね～、アタシがモブくんと初めて出逢《であ》ったときの話をするよ」

――そして一週間が経過。

時間が再び動き出した。

（よ、ようやく……終わった……）

精魂《せいこん》尽き果てて、机に突っ伏《ぷ》す恋愛フラグ。

それと裏腹に、失恋フラグは大満足の様子で、

「あれ、もう終わり？　語り足《た》りなかったわ。また時間止まらないかな」

（恐ろしいこと言わないで！）

「次はアタシね」

失恋フラグがサイコロを振った。


『死神№269の、お手製の料理を完食する』


「……なにこれ？　どこが罰なの？」

首をかしげ、ツインテールを揺らす失恋フラグ。

生存フラグと恋愛フラグは、これまでで一番震え上がった。

「鬼畜《きちく》過ぎるぞ、このすごろく。もうやめるべきじゃ」

「これ、誰かが上がるまで、やめられないんだよね……どうか死なないでね」

その評価が不本意《ふほんい》なのか、フラグちゃんは頬《ほお》を膨《ふく》らませる。そして調理をしに部屋の外

へ出ていった。

三十分後。

失恋フラグの前には、漆黒《しっこく》のゲル状の物体が置かれていた。フラグちゃんがほぼ喋《しゃべ》れないので、なんの料理かも不明だ。

失恋フラグが、おそるおそるスプーンですくう。口に運んだ瞬間……激しく痙攣《けいれん》する。高圧電流でも流されたかのようだ。

「く、口が痛い！　あんたフラグ回収勝負に負けそうだからって、毒を仕込んだんじゃないでしょうね！」

「黙れ、黙れ」

首を横にふるフラグちゃん。

「でもこれで、アンタなんかライバルじゃないとハッキリしたわ。こんな体《てい》たらくじゃ、モブくんの胃袋を掴《つか》むなんて無理……あれ、なんか目がよく見えなくなってきた。手を握っていて、れんれん」

「わかった。ここにいるよ」

恋愛フラグは、珍しく真剣に失恋フラグを案じた。

「次は私ですね」

No.13がサイコロを振った。止まったマスには、こう文字が出た。

『三歳児の姿になる』


服ごと、身長九十センチほどになった。だが彼女は顔色一つ変えない。

続いて何故《なぜ》か、生存フラグの膝《ひざ》に座る。

「お、おい⁉」

「今の身長だと、卓上《たくじょう》が見づらいんでちゅ。すみませんが、こうさせてくだちゃい」

（か、可愛《かわい》い……部屋に持ち帰って愛《め》でたい……）

生存フラグは、いけない誘惑と戦いはじめた。

次のフラグちゃんがサイコロを振ると『己《おのれ》の名を尻文字《しりもじ》で』が出た。もうこんな罰、可《か》愛《わい》く思えてくる。

続いて生存フラグが、気合いをこめて振る。

「今度はマシなのが出ろよ」

そして止まったマスには……


『神様にエア告白する』

「なんじゃこれは⁉」

恋愛フラグは肩を震わせ、笑いをこらえる。

「エアギターならぬエア告白ってわけだね。№13を床に置いて立ち上がり、さあどうぞ」

生存フラグは覚悟を決めたか、№13を床に置いて立ち上がり、

「うすのろよ……急にすまんな。わ、わしは、お前のことが……」

言いたくないのだろう。だがそれが逆に、良《い》い『溜《た》め』になっている。

「好きなんじゃ！」

だがすごろくからは、ＯＫの証《あかし》である『ピンポーン』が鳴らない。

「な、なぜじゃ」

「せーちゃん、もう少し細かく『どこが好き』とか言わないと」

「うう……実はさっき服をもらいにいったのも、おぬしの手製のものを身につけたかったからじゃ。なにげに部下思いのところなど、大好きじゃ‼」

ヤケクソで叫ぶと、ようやくＯＫが出た。

床にくずおれる生存フラグの頭を、№13が小さな手で撫《な》でている。

（いや～、いいものが見れた。あとはボクが軽い罰で終われば言うことなし）

恋愛フラグがサイコロを振ると、出たのは……

『時間が止まる』

『失恋フラグから出される〝モブ男《お》クイズ〟を千問正解するまで、時間は動かない』

目眩《めまい》がした。

失恋フラグが喜々《きき》としてタブレットを取り出す。映ったのは、モブ男を隠し撮りしたものだ。

「じゃあ第一問。これからモブくんが歯磨きするんだけど……奥歯と前歯、どっちから磨くでしょう？」

史上最高に不毛《ふもう》なクイズだ。

（こんなすごろく、用意するんじゃなかったよ〜）

珍しく自分の行為を後悔しながら、『モブ男クイズ』千問に挑むのだった。

■

ゲームは進み……

最初にゴールしたのはNo.13だった。

「私の勝ちでちゅね」

いつもどおり無表情だが、心なしか満足そうにも見える。やはり趣味のゲームで勝つと嬉《うれ》しいのだろう。ゲームが終わったのに三歳児の姿のままだが、元《もと》に戻るまではもう少し時間がかかるようだ。

生存フラグは№13を抱っこしながら、

「№13。冷静な立ち回り、さすがじゃな」

「ありがとうございまちゅ」

でも、と№13は目を細めて、四人を見る。

「ゲームの展開に一喜一憂《いっきいちゆう》し、盛り上がるあなた方も、楽しそうにも見えまちた」

「ほぼ憂《ゆう》しかなかった気がするが」

現に恋愛フラグは目から光を失い、横たわっている。

№13はつづけた。

「わたちは普段あまり、他の天使や死神と交流しまちぇんが……こうやって共に過ごせば、知見《ちけん》を広められまちゅ。いい経験が、できまちた」

そして、フラグちゃんに紅《あか》い瞳を向け、

「これからもたまに、遊びまちょう」

「黙れ」

フラグちゃんは笑顔で頷《うなず》いた。

その時、部屋がノックされた。

№13が『どうじょ』というと扉がひらく。

「失礼するよ」

入ってきたのは神様だ。いつになく真剣な表情で、生存フラグを見おろし、

「天使№11」

「な、なんじゃ」

なんと父親のように……生存フラグをふわりと抱きしめた。

一瞬の沈黙のあと、断末魔《だんまつま》のような叫びがあがる。

「ぎゃあああああ――――!!」

「君の気持ちは嬉しい。だが僕は神として、どの死神や天使にも平等に接しなければならないんだ。すまない」

「……は？」

呆然《ぼうぜん》とする生存フラグ。

恋愛フラグが舌を出し、己《おのれ》の頭をコツンと叩《たた》いた。

「あ、ボクったらつい、さっきのせーちゃんのエア告白を録画して、神様に送信しちゃった☆」

いた。

「なにしとるんじゃキサマは！」

神様は身を翻《ひるがえ》し、片手をあげる。なにげにイケメンおじさんなので、結構サマになって
「ま、待つのじゃ」

「ではこれで……」

「何度呼び止めても無駄だよ。君と付き合うつもりはない」

「再考を促《うなが》しているわけではないわ!!」

生存フラグは、神様のケツにタイキックした。

いきさつを説明すると、神様はホッと胸をなで下ろす。

「よかった。天使№11を振って、傷つけたかと心配だったのさ」

「キサマのイケメン風の振る舞い、なんか腹立つな……」

神様は続いて、三歳児になった№13を見て、

「死神№13。君が休日に誰かと過ごすなんて、初めてじゃないかな？」

「そうかもしれまちぇんね。なかなか興味深い時間でちた」

神様は満足げにうなずいた。

（うんうん、仮想世界の訓練を通じて、天使や死神同士で交流が生まれている。いいことだ）

なにより、ぼっちだった死神№269には嬉《うれ》しいことだろう。

神様は、フラグちゃんを優しく見下ろし、

「いい先輩や仲間に恵まれて、良かったね」

「黙れ」

「え、反抗期!?」

涙目になる神様。

恋愛フラグと失恋フラグは、顔を見合わせて笑った。№13も微笑している。

⚑

――一方、フラグちゃんの部屋の外。

そこには、甲冑《かっちゅう》姿の大柄な死神がいた。

死神№1だ。神様を探して、他の死神や天使に尋ねたところ、ここにたどり着いたのである。

扉に耳を近づけてみると、神様とフラグちゃんの会話が聞こえてきた。

『いい先輩や仲間に恵まれて、良かったね』

『黙れ』

頭が、怒りで沸騰《ふっとう》した。

（な、なんですかそれは？　優しくされているからといって、調子に乗りすぎではないですか？）

室内ではフラグちゃんが必死に弁明している。だが、激昂《げきこう》したNo.1の耳には届かない。

No.1は大股《おおまた》で歩き出す。殺気をまき散らすその姿に、すれちがった死神がへたりこんだ。

自室に入ってパソコンを起動し、仮想世界のシステムにアクセス。

「No.269。もう許しません。あなたの大切なものを、奪ってあげます」

閑話　失恋フラグの休日

すごろくをした翌朝のこと。

今日は天界の休日だ。失恋フラグは天使寮の廊下で、恋愛フラグに絡《から》んでいた。

「ねえ、れんれ〰〰ん。これから一緒にお買い物に行きましょ」

「行かない」

「即答《そくとう》!?」

ぴえん、と失恋フラグは涙ぐむ。

恋愛フラグは、つまらなそうに己《おのれ》の爪を見ながら、

「一人で行けばいいじゃない」

「服とかコスメとか、れんれんがいないと分かんないもん」

首根《くびね》っこに抱きつき、幼児のようにおねだりする。

「行こうよぉ〰〰お願いお願いお願い!!」

恋愛フラグは根負《こんま》けした様子で、自室へ入っていく。

「はあ……わかった。準備するから廊下で待ってて」

「やった～！　れんれんだ～～い好き！」

失恋フラグはドアに背中をあずけ、鼻歌をうたい始めた。

「れんれん、まだかなまだかな～♪　……あれ？」

廊下の向こうから、生存フラグが歩いてくる。

そういえば、二人だけで話したことはない。失恋フラグは声をかけた。

「ねえ生存フラグさん」

「む？」

「ちょっと折《お》り入《い》って、聞きたいことがあるんだけど……」

真剣な口調《くちょう》。

その雰囲気に、生存フラグも何かを感じたようだ。碧《あお》い瞳を真《ま》っ直《す》ぐに向けてくる。

「なんじゃ？」

そして失恋フラグは。

大きく息を吸って、問《と》うた。

「どうしたら貴方《あなた》みたいに、ふしだらに胸をさらせるの？」

「……」

生存フラグは失恋フラグのツインテールを、バイクのハンドルのように握る。そして、額をくっつけて凄《すご》んだ。

「おい……ケンカを売っとるのか？」

「ぴえん！　だ、だってモブくん、生存フラグさんの胸ばかり見てるし。アタシだって堂々と身体《からだ》のラインを出せたらな、って……でも色んな人にジロジロ見られるのは、恥ずかしくて……」

どうやら悪気はないようだ。

生存フラグは失恋フラグを解放した。真剣な顔で、一分ほど考えたあと……

「有象無象《うぞうむぞう》の目など、気にすることはあるまい」

「え？」

「キサマが好きなのはモブ男《お》じゃろう？　あやつにどう見られるかだけを、気にすればよいのではないか？」

「そう……なのかも」

少し納得した様子の失恋フラグ。すぐに変われるものでもないだろうが、参考にはなったようだ。

生存フラグに笑顔を向けて、

「ありがと♥　あなたって一見《いっけん》こわいけど、優しいのね」

（や、優しい？　わしが？）

生存フラグは『優しくなれない』ことが悩みだった。

仮想世界での特訓に参加したのも、フラグちゃんから『優しさ』を学ぶためだ。

(わしも、少しは変われたのか？)

胸を温かくしていると。

失恋フラグが、いたずらっぽく顔を覗《のぞ》き込んできた。

「あ、嬉《うれ》しそう！　可愛《かわい》いところあるじゃない」

「や、やかましいわ。胸を恥ずかしがるくらいなら『ぴえん』とかいう口癖《くちぐせ》を恥ずかしがれ」

「ぴえん！」


そんな風に、賑《にぎ》やかな二人を。

廊下の曲がり角から顔を出し、フラグちゃんが見つめていた。生存フラグと遊ぼうと、やってきたのだ。

「むむむ……」

どうも入っていきづらい。

それに友達《ともだち》が、ライバルと仲良くしている事へのジェラシーもある。

(あっ)

ふと失恋フラグと目が合った。フラグちゃんの心中《しんちゅう》を察したのか、ニンマリと微笑《ほほえ》む。

「あら死神№269。せいせいに何か用？」

「せ、せいせい？」

大浴場でも言った、あだ名だ。

そして失恋フラグは、生存フラグの腕をとる。

「アタシ相談に乗ってもらっちゃったんだ〜。すっごく親身に」

「それがなんですか。生存フラグさんは私に、折り紙をプレゼントしてくれたこともあるんですよ」

フラグちゃんは逆側の手を取り、睨《にら》み合った。小動物同士が威嚇《いかく》しあっているようでもある。

「お、おいキサマら落ち着け」

生存フラグが、珍しく途方《とほう》にくれていると。

「ふ〜〜ん、せーちゃんと仲良くなったんだ。よかったね」

冷たい声が聞こえた。

いつのまにか現れた恋愛フラグによるものだ。

「れ、れんれん？」

冷や汗を垂らす失恋フラグ。

恋愛フラグが、そっけなく身をひるがえす。

「じゃあ『せいせい』と二人で買い物に行けば？」

「ぴえん、そんなこと言わないで、れんれ〰〰ん！」

失恋フラグは、恋愛フラグの腰にすがりつく。

「まったく、騒がしいヤツじゃ」

生存フラグは肩をすくめ、フラグちゃんを見下ろす。

「おい放《はな》せ。わしは自室で筋トレをする」

「あ、はい」

フラグちゃんは言われたとおり手を放した。生存フラグと遊びにきたのだが、そう言われては誘いづらい。

どことなく寂しそうな彼女に、生存フラグは銀髪をかきながら、

「わしの部屋に来て、筋トレにつきあってみるか？」

「は、はい！　やった、お友達《ともだち》の部屋にご招待されたの初めてです！」

「大げさなヤツじゃ」

生存フラグは苦笑して、肩をすくめた。

一方、失恋フラグは恋愛フラグと買い物するため、人間界へ。

沢山の人で賑《にぎ》わう都会の街を、腕を組んで歩く。

「えへへ、れんれんとお買い物、うっれしいな〰〰♪」

たどりついたのは、服屋のテナントが沢山入ったビルだ。ビルの入り口を見て、失恋フラグがうっとりする。

「見てれんれん！　なんて尊《とうと》いのかしら」

指さした先にあるのは、両開きの自動ドアだけ。客が入る度、開いたり閉じたりしている。

「え、何が？　全然わかんないんだけど」

「自動ドアの右側と左側って素敵だと思わない？　昼間はあんなに、くっついたり離れたりしてるでしょ？　でも夜に閉店すると、ぴったり寄り添ってるの……」

（さ、さすが極度のカプ厨《ちゅう》……）

カプ厨とは、なんでもかんでもカップルにしたがる者のことだ。

失恋フラグは目をとろけさせて、自動ドアを見つめる。

「まるでお隣同士に住む、幼なじみカップルみたい！　学校ではツンツンしあってるけど、夜に二人きりになると……」

「はいはい。もういいから行くよ」

不毛《ふもう》な説明を止めるべく、恋愛フラグは失恋フラグを引きずってビルの中へ。

テナントの一つに入り、並べられた服を見る。

失恋フラグは二着《ちゃく》の服を手に取り、

「ねえれんれん、これとこれ、どっちがいいと思う？」

「うーん……」

あまり面白みがない。一つは失恋フラグがいつも着ているようなサロペット。もう片方はオーバーサイズで、身体《からだ》のラインが隠れてしまう。

「モブ男《お》くんの好みなら、もっと肌を出した方がいいんじゃない？」

「肌……!?」

頬《ほお》を染める失恋フラグ。

恋愛フラグが持ってきたのは、ノースリーブで、背中がザックリあいたセーター。それにタイトスカートだ。よっぽどスタイル抜群でなければ似合わないだろう。

「ほら、これとか着てみて」

「うーん、れんれんがそう言うなら……」

失恋フラグは試着室に入って、五分ほど経《た》ってから出てきた。

おずおずと上目遣いで、

「に、似合わないよね？」

「ううん、腹が立つほど似合ってる」

「腹が立つほど!?」

蠱惑的《こわくてき》な身体《からだ》——特に胸元のラインが、かなりハッキリわかる。

「とっても可愛《かわい》いよ。モブ男《お》くんも絶対に気に入ってくれるよ」

（そ、そう？　れんれんがそう言うなら……それに）

天界での生存フラグの言葉も、少し購入を後押しする。

『有象無象《うぞうむぞう》の目など、気にすることはあるまい』

『キサマが好きなのはモブ男じゃろう？　あやつにどう見られるかだけを、気にすればよいのではないか？』

失恋フラグはうなずいた。

「……よし、買っちゃおう」

「うんうん」

「いざモブくんの前で着るとき恥ずかしくないように、ここで着ていくわ」

失恋フラグは試着したまま購入し、脱いだ服を袋に入れてもらい、店を出る。

「じゃあ帰ろっか」

「まだ来たばっかじゃないの、れんれん！　小物とか化粧水とか香水とか、一緒にお買い物したいの！」

「ええ～」

「お願いお願いお願い！」

幼児ばりにダダをこねまくる姿に、周囲の視線が集まる。

恋愛フラグはバツが悪くなって、

「はぁ……わかったよもう」

「ありがと～れんれん。だ～～～い好き!!」

恋愛フラグは腕をとられ、力なく引きずられていく。

そこには、天界一のトリックスターとしての面影《おもかげ》はまったくなかった。


ビルの外に出て、小物やら香水やらを買った失恋フラグ。

恋愛フラグはスマホで時間を確認し、

「じゃあ、ボク歯医者の予約が」

「天使は虫歯になんかならないでしょ！　最後にお茶だけして帰ろうよ〜。おごるから」

「はぁ、わかったよ」

少し先に見えるスターバッグスに向かう途中、失恋フラグが足を止めた。

コンビニの入口を、じっと見つめる。

「あぁ、コンビニの両開きの自動ドア。尊《とうと》いわ」

「さっきのビルのと同じじゃない」

「ぜんっぜん違うの！　コンビニは二十四時間営業だから、あの左右のドアは何度も何度も、接近と別れをくりかえすの」

じわっと涙を浮かべて、

「ずっと寄り添えるのは、店が潰れた時だけ……死んでから初めて結ばれる、ロミオとジュリエットのように……」

「眼科《がんか》の予約があったから、先に帰るよ」

ついていけなくなった恋愛フラグは、去ってしまった。

失恋フラグは五分ほどして、ようやく我に返った。

「あれ、れんれん、れんれーん？　どこ？」

迷子の子供のように、周りを見回す。

(先に帰っちゃった？　も、もしかして嫌われたかな……)

電話をかけようとしたが、スマホの充電もいつのまにか切れている。

一人になると途端《とたん》に心細くなってきた。周りの視線――特に男性からのものが、気になってくる。

(うう、なんか凄《すご》い見られてる気がする)

失恋フラグが可愛《かわい》いからなのだが、そう思う余裕もない。

(さっさと天界に帰りましょう)

そう思った矢先、大柄な男に道をふさがれた。

「キミ可愛いね！　俺と遊ぼうよ」

「お、お断りよ！　アタシはモブくん以外興味ないの！」

「いいからいいから」

会話にならない。おまけに、じろじろ身体《からだ》を見てくる。

(やっぱり胸を強調するの嫌だわ。こんな有象無象《うぞうむぞう》が寄ってくるんですもの……って)

男に腕をつかまれ、鳥肌が立った。

(た、助けてモブくん――れんれん！)

「は〜〜い、そこまでだよ」

恋愛フラグが現れ、いきなり弓矢で男の胸を射抜《いぬ》いた。矢羽根《やばね》がハートの形をしている。

(あれは『恋の矢』?)

二本の矢で射抜いたもの同士を、相思相愛《そうしそうあい》にする天界アイテムだ。

もう一本が刺さったのは……

「おぉ、君はなんて魅力的なんだ。その豊満なボディ!」

男がうっとり見つめるのは、赤信号で停《と》まっている長距離輸送の大型トラック。荷台に矢が刺さっている。

信号が青になり、発進していく。

「待ってくれ、愛《いと》しのトラ――――ック!」

全速力で追いかける男。『恋の矢』の効果は一時間で切れるが、地獄のマラソンとなるだろう。

恋愛フラグが身をひるがえし、スカートがふわっと舞った。

「全く。つい気になって戻ってきたら、これなんだから。さっさと帰るよ」

失恋フラグは涙ぐんで、

「ありがとれんれ〰〰ん！　やっぱり優しいね、大好き!!」

「はいはい」

抱きついてくる失恋フラグから、ウザったそうに離れる恋愛フラグだった。

七話　フラグ回収対決（三）そして異変

天界

その翌朝、天界。

恋愛フラグは重い足取りで、あくびしながら自室を出た。

（ああ、昨日も一昨日《おととい》も疲れたなあ……今日からまた、しーちゃんと失恋フラグのフラグ回収勝負か）

今の成績はフラグちゃんが2、失恋フラグが3。5本先取《せんしゅ》した方が勝利だ。

（しーちゃん、予想以上に健闘してるね）

果たして『思い通りのシチュエーションで、モブ男《お》と過ごせる』という権利を得るのはどちらだろうか。

恋愛フラグは、仮想世界へ通じる扉の前へやってきた。まだ誰も来ていない。

「今日はボクが一番のりかな」

扉を少しあけて、仮想世界をのぞいてみる。

モブ男がだるそうに、部屋でゴロゴロしていた。そしてこんなダメ発言をする。

「ああ、分身《ぶんしん》の術が使えたらなー。代わりに仕事に行ってもらうのに」

（ふふふ。それじゃあ、あの天界アイテムを与えてみようかな？）

恋愛フラグの紅《あか》い瞳が、再び生き生きと輝きだした。

■コピー人形を手に入れたらどうなるのか？

（俺の名はモブ男。フリーターだ。午後からのバイトめんどくさいなあ）

今日は余計に行きたくない。さっき押し入れに物を収納《しゅうのう》したとき頭を打ち、まだズキズキするからだ。

「ああ、分身の術が使えたらなー。代わりに仕事に行ってもらうのに」

「そんなモブ男くんに、ぴったりのアイテムをあげるよ」

「あ、師匠」

恋愛フラグが手をかざすと、木製の人形があらわれた。ただし顔などは描《か》かれておらず、のっぺらぼう。頭頂部《とうちょうぶ》には小さなボタンがついている。

「これは『分身パペット君』だよ。ここの頭のボタンを押した者そっくりの、意志を持つ人形になるの」

「と、ということはつまり」

「うん、モブ男《お》くんの代わりにバイトに――」

恋愛フラグが言い終える前に、彼はかぶせた。

「モブ美《み》に押してもらえば、彼女そっくりな人形とドスケベなことが出来るかもしれないと」

「うわ……っ」

本気で引く恋愛フラグ。

「まあとりあえず、俺のコピーにしてみるか」

頭頂部のボタンを押してみる。

すると『分身パペット君』が変化していく。見た目はモブ男そのものだ。

その顔を、まじまじと見て、

「え？　ほんとに俺のコピー？　もっとイケメンだと思うけど」

「モブ男くんらしい感想だね」

恋愛フラグがクスクス笑ったとき、コピーが言った。

「なあオリジナル。対戦ゲームやろうぜ」

それからコピーと、スマ○ラやマリ○カートで遊んだ。だがなにしろ実力が全く同じ。

接戦になって盛り上がった。

『ナ○ト』の影分身ごっこもし、二人でゴムボールを持ち『螺○丸《らせんがん》!!』などと叫んだりした。

「ふー楽しかった。じゃあコピー。そろそろバイトの時間だけど、行ってくれるか？」

「ああ、わかったぜ！」

コピーは素直に出かけていく。

「なんて快適なんだ。このまま一生すごしたい」

それからベッドに寝転がり、ゲームをダラダラして過ごした。

■

三日が経《た》った。

（楽《らく》ちん楽ちん）

あれから一度も外に出ず、風呂にも入らず、ゲーム三昧《ざんまい》の日々を送っている。

コピーは毎日バイトに出てくれていた。仕事上必要ということで、スマホもコピーに渡している。時折《ときおり》、押し入れの中からガタガタと音がするのが気になる。ネズミでもいるのかもしれない。

(でも、家にいるのも飽きたな)

散歩に出た。街をぶらぶらしていると、想《おも》いを寄せるモブ美《み》と出逢《であ》った。

いつもならモブ美には、害虫と遭遇《そうぐう》したような反応をされるが……

「モブ男《お》!」

なぜか、明るい笑顔で駆《か》けてくる。

「昨日のデート、本当に楽しかったわ」

(へ? 俺ずっと家にいたぞ)

あっけにとられていると、モブ美はうっとりした様子で、

「正直、アンタのことカス人間だと思ってたけど、見直したわ。強引に迫《せま》られたけど、ドキドキしちゃった」

「強引に迫る!?」

それをやったのはもしかして、コピーのほうか。

(あ、あいつ何を勝手に……)

モブ美がじろじろ見てきて、

「あれ？　アンタどうも様子が昨日とは違うわね。髪もぼさぼさだし、なんか臭いし」

カス人間の方だからである。

「どうしたの？　キスしてくれたときは、すごく素敵だった。だから私、アンタの彼女になったのに」

頭が真っ白になった。

続いて、猛烈《もうれつ》な怒りが湧いてくる。

「……あ、あああああ、あの野郎、本物をさしおいて！」

モブ男はコピーを問い詰めるべく、駆け出した。そろそろバイトも終わりなので、家に戻れば会えるはずだ。

通りかかった商店街で、沢山の人が声をかけてきた。

「ようモブ男」「一昨日《おととい》は手伝ってくれてありがとな！」「また茶でも飲みましょ！」

みな好意的。まったく知らない人までが、笑顔で挨拶してくる。パラレルワールドに迷い込んだようだ。

（コピーのくせに、俺よりずっと人望がありやがる……！）

自宅アパートに戻るとコピーがいた。いつもバイトに出ているせいか、清潔感がある。

「おい、コピー」

「ん？」

「モブ美《み》と……キスした上に、付き合うことになったんだな。なんでだよ」

「だって俺はお前のコピー。俺の喜びはお前の喜びでもあるわけだろ？」

一瞬納得しかけたが、首を横に振る。

「いや違う。さっき外で、知らない人からフレンドリーに話しかけられた」

「ああ、いろいろ手伝ったり、挨拶したりしたからね」

「俺は怖くなったよ。俺は必要ないんじゃないか。このままだと、お前に取って替わられるんじゃないか——ぐっ」

側頭部《そくとうぶ》に痛みが走った。

飛びかかってきたコピーに、金づちで殴られたのだ。

「いっつ……お前、やっぱり！」

「その通りだ。俺はお前を排除《はいじょ》し、本物のモブ男《お》になる。モブ美や周《まわ》りの人にとっても、その方が幸せだ」

（そ、そうかもしれない……だが、やられてたまるか）

コピーの頭のボタンを押せば元の人形に戻るだろう。だが相手もそれはわかっている。

簡単には触《さわ》れない。

助《すけ》っ人《と》を呼ぶべく、彼は叫んだ。

「俺、このピンチを乗り越えたら……バイト先で一番かわいい、モテ美《み》ちゃんに告白するんだ！」

「立ちました！」「立っちゃった！」

案《あん》の定《じょう》、フラグちゃんが現れた。失恋フラグもいる。

「高嶺《たかね》の花《はな》への告白は失恋フラグよ……って、モブくんが二人！　なにここ天国⁉」

失恋フラグがテンションを爆上《ばくあ》がりさせる。

そんな彼女へ、コピーが笑顔を向けて、

「助けてよ。コピーに殺されそうなんだ」

「な、何言ってんだ！　お前がコピーだろ！」

慌てて反論する。

だが姑息《こそく》なことに、コピーは失恋フラグに顔を近づけ……

「君なら、どっちが本物かわかるだろう？　可愛《かわい》い可愛い、俺の子猫ちゃん」

「モ、モブくん♥」

失恋フラグの目に、ハートマークが浮かぶ。

そしてコピーの腕をとり、

「こっちが本物よ！　だって爽《さわ》やかで王子様みたいだもの！　もう一人は髪が脂《あぶら》でベットリだし、なんか臭いわ！」

「ひどっ！」

愕然《がくぜん》とする。

なんか臭いモブ男《お》は、フラグちゃんに土下座した。

「頼むから俺を信じてくれ！　君ならアイツがニセモノだってわかってくれるよね」

「はい」

「さ、さすがだよ。さっさとアイツをぶちのめせよ！」

そう勢いづいた時。

フラグちゃんが金色《こんじき》の瞳で見下ろしてきた。

「でも、あなたも本物ではありません」

「……は？」

どういう意味だろ、と思ったとき――

押し入れから音がした。ここ数日聞こえる耳障《みみざわ》りな、ネズミが動いているような。

「なにかしら」

失恋フラグが押し入れをあける。

そこには、小型冷蔵庫ほどの大きさの段ボール箱があった。音はこの中から聞こえてくる。

失恋フラグが箱をあけると。

「!?」

中から『モブ男』があらわれた。さるぐつわをされ、縄でぐるぐる巻きにされている。

「きゃあ、モブくーん！」

失恋フラグが『モブ男』を解放する。かなり衰弱《すいじゃく》しているようだ。

こちらを指さし、かすれた声で、

「そ、そいつを……俺のコピーにしたら、いきなり襲い掛かってきて、拘束《こうそく》されて」

「え？」

自分も、コピー？

そういえば――三日前に押し入れで頭を打ったけど、それによりコピーだということを忘れていたのか？

まさか、そんな筈《はず》はない。彼は叫んだ。

「フラグちゃん、失恋フラグちゃん、助けて！　俺が本物なんだよ！」

失恋フラグは途方《とほう》に暮れたように、同じ顔の三人を見比べている。

だがフラグちゃんは、確信にみちた表情で、

「ごめんなさい」

背伸びして、頭頂部《とうちょうぶ》を押してくる。コピー人形のボタンがある位置だ。

(そんなところを押しても無駄……無駄なはず……なのに……)

消えゆく意識の中で、彼はフラグちゃんの声を聞いた。

「モブ男《お》さんは『さっさとアイツをぶちのめせよ』なんて言いませんよ」


「ほ、本物のモブくんを見破れなかった。悔しいぃ～!」

失恋フラグは地団駄《じだんだ》を踏んだあと。

台所へ行ってお粥《かゆ》をつくりはじめた。衰弱《すいじゃく》したモブ男に食べさせるつもりらしい。

フラグちゃんは声をかけた。

「私も手伝いましょうか?」

「アンタの料理を今のモブくんに食べさせたら、間違いなくトドメになるでしょ」

「は、反論できない……」

「いいから適材適所《てきざいてきしょ》ってことで、任せときなさい」

鍋に溶き卵を流し入れたり、小ネギを散らしたりしている。慣れた手つきだ。

「料理、お上手なんですね」

「ふふん。モブくんのために練習したのよ！　それも料理だけじゃないわ」

指を折って数え始める。

「洗濯、裁縫《さいほう》、掃除……お嫁さんになる準備は万端《ばんたん》よ！」

フラグちゃんは圧倒された。失恋フラグはモブ男がプログラムであることなど気にせず、どこまでも真《ま》っ直《す》ぐに突き進んでいく。

（この姿勢、見習わないといけません）

「よし、できたわ」

失恋フラグはお粥を椀《わん》によそい、ベッドで横になるモブ男のもとへ。スプーンですくって「ふーふー」で冷ましたあと、

「はい、あーん」

「もぐもぐ。あぁ、美味《おい》しい」

「嬉《うれ》しい♥　今日はモブくんがはじめて手料理を食べてくれた記念日ね。未来永劫《みらいえいごう》に祝うわ」

「君、重いね……」

モブ男は、胃《い》もたれしたような顔をした。

そして何かを思い出しているのか、虚空《こくう》を見上げて、

「さっき押し入れの中で、話を聞いてたけど――俺のコピーは、モブ美《み》と付き合っていたらしい」

モブ男は「ぐふふ」と笑い、

「これはチャンスだ。コピーになりかわって、モブ美とつきあおうっと」

「プライドないんですか」

フラグちゃんが呆《あき》れていると、

「立っちゃった！」


失恋フラグが嬉《うれ》しそうに言った。

「他の人になりすまして付き合うのは、失恋フラグよ！」

「他人ったって、俺のコピーだから大丈夫さ。待ってろよモブ美」

「ぴえん！　そんなにモブ美ちゃんがいいの」

涙目になる失恋フラグ。

一方フラグちゃんは、拗《す》ねたようにそっぽを向いて、

「きっとフラれますよ。あなたは劣化《れっか》オリジナルですからね」

「劣化コピーなら聞いたことあるけど、劣化オリジナルって何⁉」

結果。

劣化オリジナルは速攻でモブ美にフラれ、失恋フラグはフラグを回収したのだった。

現在のフラグ回収数　フラグちゃん：2　失恋フラグ：4

■天界

フラグちゃんたちが扉を通って天界に戻ると、床にあぐらをかく神様がいた。恋愛フラグ、生存フラグもいる。

失恋フラグがドヤ顔で胸を張り、

「神様！　あと一回でアタシの勝利です！」

「うん、やはり君は優秀だね」

にこやかに神様は褒めたあと、申し訳なさそうに、

「さて、次の仮想世界だが……まだネタが浮かばないんだ。そこで」

「はいは～い！　ボクが、またまた設定を考えちゃったよ」

恋愛フラグが手をあげる。そしてフラグちゃんを見て、

「あと一回失恋フラグを回収されたら、負けだね。頑張ってよ」

「はい……！」

フラグちゃんは、決意をこめてうなずいた。

■凄腕《すごうで》占い師になったらどうなるのか？

モブ男《お》が自室でテレビを見ていた。

画面には最近話題の占い師が映っている。著書《ちょしょ》が売れまくり、とんでもない豪邸《ごうてい》に住んでいるらしい。

「ああいいなー。人気占い師になれば大儲《おおもう》けだろうな」

「そんなモブ男くんに、いいものがあるよ」

恋愛フラグが現れた。

「あ、師匠」

彼女が手をかざすと、ケースに入った、ぷるぷるしたお菓子が現れた。

「これは『占いババロア』。手相、人相……あらゆる方法を使いこなす、凄腕《すごうで》の占い師になれるお菓子だよ」

「おお！」

「食べるのは、容器に記載《きさい》された注意書きを読んでからにしてね」

「面倒《めんどう》だからいいよ。頂《いただ》きまーす」

モブ男が『占いババロア』を食べようとしたとき。


「立ちました！」


フラグちゃんが『死亡』の小旗をかざして現れた。

「注意書きをよく読まないのは死亡フラグですよ！　……ってもう完食してる！」

「さて、これで俺は凄腕占い師になったみたいだけど。とりあえず自分の手相でも見てみるか……」

モブ男は己《おのれ》の掌《てのひら》に、目を見ひらいた。

「うお俺、生命線みじかっ！」

死亡フラグ回収の練習台なので、無理もない。

「知能線、財産線、結婚線も全くない……引くな……己《おのれ》の手相に……」

「ま、まあ、モブ男《お》さんに知能と財産がないのは、占わなくてもわかってたじゃないですか」

「フォローなのに、ダメージの方が大きい」

モブ男はせつなく言ったあと、フラグちゃんの小さな手をとる。

「占ってあげるよ」

（あっ）

フラグちゃんの頬《ほお》が赤く染まった。

だがモブ男はそれに気付かず、真剣な表情で、

「君は……仕事と、恋で悩んでいるね」

（当たってる！）

「ふむふむ、恋の相手は……スケベで、怠け者で、人間のクズ……」

（わ——‼）

フラグちゃんの心拍数《しんぱくすう》が一気に上がった。

（す、好きな人が、モブ男さんだとバレちゃった……）

だがモブ男は首をかしげ、本当に心配そうに、

「一体誰だ？　やめたほうがいいよ。こんなクズ……」

（自分を傷つけないでください！）

フラグちゃんは心中《しんちゅう》で突《つ》っ込《こ》んだあと、

「いえ、まあ、いいところも少しはあるので」

「男の趣味が悪いね」

「ええ、我《われ》ながらそう思います……」

綱渡《つなわた》りの会話をする二人。

そのとき、失恋フラグも現れた。

「モブくん、アタシも占って！」

「いいよ。じゃあ手を……」

「手相もいいけど、アタシは人相占いをして欲しいの！」

失恋フラグには、こんな思惑《おもわく》があった。

（ふふふ、これでモブくんと見つめ合えるわ！　あぁ、真剣な顔がアタシを見てる……あれモブくん、がっつり鼻毛出てる？　目ヤニも凄《すご》いし……いえ、きっと幻覚よ）

失恋フラグが自分を騙《だま》していると。

「失恋フラグちゃんは……その……」

「遠慮《えんりょ》なく言って」

「恋愛でとても苦労しそうだね」

それからモブ男《お》は、失恋フラグの人相がいかに恋愛に向いてないかを、とうとうと説明した。

失恋フラグは思い詰めた様子で、

「……で、どういう顔にすれば、モブくんとの恋愛運は上向《うわむ》くの？」

モブ男は絵を描いて解説した。なにげに上手《うま》い。

「口元をぽってりさせたり、垂れ目だといいみたいだ」

そして失恋フラグは。

胸の谷間から巨大ハサミを取り出して、切っ先を己《おのれ》の目に向ける。

「整形するわ……」

「待って待って！」

モブ男とフラグちゃんは慌てて止めた。

「ぴえん……じゃあ整形以外に、恋愛運を変える方法はあるの？」

「改名とかいいと思うよ」

「じゃあモブくん、結婚して♥　そうすれば名字が変わるわ」

残念ながらモブ男には名字がないので、無理であろう。

モブ男は姓名判断《せいめいはんだん》を行い、失恋フラグの改名案を出した。

「ええと、死神No.《ナンバー》を『269』に変えるといいみたいだ」

「すでにいるから無理よ……ってそれ、死亡フラグの番号じゃない！」

フラグちゃんは頬《ほお》を染め、もじもじする。わずかに口元がほころんでいる。

「へ、へぇ～……私の名前、モブ男さんと相性いいんですか……そう……ですか……」

「むきー！　そのNo.よこしなさいよ！」

二人がもみ合いをするのを横目に、モブ男はテレビ局に電話をかけて売り込みをはじめた。

■成功

それからモブ男は占い師として大成功した。

『脅威の的中率』を謳《うた》い文句にテレビ出演。それをきっかけに、出す本は軒並《のきな》みベストセラー。

半年後には銀座の一等地に店を構えた。今日も朝から沢山の依頼をこなし、豪華な店内で高笑いする。

「ははは、成功って気持ちいいね！」

「調子に乗るのは死亡フラグですよ」

傍《かたわ》らのフラグちゃんが呟《つぶや》いたとき、今日最後の客がやってきた。

モブ男は驚《おどろ》いた。高校で同級生だったモブ美《み》である。卒業以来、疎遠《そえん》だったのだが。

（えっ）

（むふふ、これをきっかけに、モブ美といい関係になれるかも）

だがその期待は、あっさりと吹っ飛んだ。

「私に、縁談《えんだん》が来ているの。相手である『イケ男《お》』さんとの相性を見てくれないかしら」

写真を見せてくる。いけ好かない感じのイケメンだ。

モブ男はやる気なく占い、ぼそっと言う。

「何だよ畜生《ちくしょう》。『相性最高』か……言いたくねえ……」

「でも伝えなきゃダメですよ」

フラグちゃんが忠告してきたが。

モブ男はモブ美に、こう告げた。

「だめだと思う。相性最悪。絶対、縁談断った方がハッピーになれるよ！」

フラグちゃんが「うわぁ」とドン引きしている。

モブ美は少し考えてから、

「実は私、ヤクザの娘で……イケ男は長《なが》らく揉《も》めてた、敵対する組の跡取《あとと》りなのよね」

「え……」

「私の結婚で敵対関係に終止符《しゅうしふ》が打たれる予定だったけど、不幸になるならやめた方がいいわね。ありがとう」

モブ美は意気揚々《いきようよう》と去って行った。

冷や汗をダラダラ垂らすモブ男に、フラグちゃんは声をかけた。

「モブ男さん、やばいんじゃないですか？　あなたのせいで抗争が起きたら、殺されるかも」

「だだだだ、大丈夫さ。俺には占いがある。打開策《だかいさく》を占えばいいいんだ」

モブ男は水晶占いをはじめた。

だが……何も出てこない。タロット占い、占星術などいろいろ試しても、少しも道を示してくれなかった。

「なんでー！」

フラグちゃんはスマホを見て、

「恋愛フラグさんに連絡して、ちょっと『占いババロア』について調べてみたんですが」

「うんうん」

「注意書きには『一度でも嘘《うそ》の占いの結果を告げたら、占いの力は消える』とあるらしいです」

「え、じゃあ俺、もう何の力もないの⁉」

モブ男《お》は悲鳴をあげた。

フラグちゃんは肩をすくめる。

「だから注意書きは見るべきって言ったでしょ……」

「俺の財産は、占いパワーがあってこその物なのに。い、いやだー！　失いたくない！」

「財産どころか、命もヤバイみたいですよ」

フラグちゃんが入口を指さすと。

モブ美《み》が修羅《しゅら》の形相《ぎょうそう》で戻ってきた。黒ずくめの部下を数人連れている。いずれも全身血まみれだ。

「モブ男、なにが『縁談《えんだん》断ったらハッピーになれる』よ！　断った結果、報復で抗争しかけられて、私の組はもう壊滅よ！」

「そ、それはご愁傷《しゅうしょう》さま……」

「こうなったら、ヘボ占い師のアンタも道連れだわ」

モブ美が拳銃を向けてきた。

「ひいいいぃぃいいお助けえええ！」

モブ男が土下座して命乞《いのちご》いしたとき。

「そこまでよ！」

「この声は、失恋フラグさ――えっ⁉」

たしかに現れたのは失恋フラグだが、口元がかなりぽってりし、垂れ目になっている。

モブ男の占いで出た『モブ男との相性抜群の顔』になっていた。どうやらメイクらしいが、あまり似合っていない。

「え――――い！」

一メートルほどもある巨大なハサミを、空中でシャキン！　と振るう。

すると。

モブ美のスマホが鳴った。彼女が電話に出る。

「もしもし……え、抗争が終わった？　どうして急に――わかった。すぐに帰るわ」

モブ美たちは不思議そうに去って行った。

失恋フラグが胸を張る。

「ふふーん。このハサミで、モブ美ちゃんとイケ男《お》の『悪い縁《えん》』をちょん切っちゃったのよ！」

「あ、ありがとう、失恋フラグちゃん！」

モブ男が抱きつくと、失恋フラグの顔がとろけた。

「モ、モブくんが私に……メイクのおかげかしら？　飛びそう……」

くったりと気絶する失恋フラグ。

フラグちゃんが、モブ男《お》に声をかけた。

「モブ男さん、占いの力はなくなりましたし、これからどうするつもりですか?」

「心を入れ替え、普通の仕事をして生きるよ」

「……立ちました。怠惰《たいだ》な人の『心を入れ替えた』は入れ替えてないフラグ。ひいては死亡フラグです」

「そんなことはないよ。俺を信じてくれ」

だが。

モブ男は贅沢《ぜいたく》な暮らしを捨てられず、占い師をつづけた。だが当たらないため評判はあっという間に落ち……

苦し紛《まぎ》れに借金して『開運水《かいうんすい》』などを販売。当然売れず、破滅したのであった。

現在のフラグ回収数　フラグちゃん：3　失恋フラグ：4

▶天界

フラグちゃんは失恋フラグとともに、天界に戻る。

（次も回収して、4対4のイーブンにしないと）

そう意気込むフラグちゃんに、神様が声をかける。

「ようやく僕も、フラグ回収対決のための設定を思いついたよ」

「あ、ありがとうございます」

「仮想世界の調整はもう済ませた。三連戦になるけど、行ってみてくれ」

「はい」「わかりました！」

フラグちゃんと失恋フラグは、再び仮想世界への扉へ入っていく。

「頑張るのだよ～」

手を振って見送る神様を。

「……」

柱の陰から死神№1が見つめていた。大股《おおまた》でその場を後にし、死神寮の自室へ向かっていく。

▶レンタル彼氏になったらどうなるのか？

（俺の名はモブ男。彼女はいないし職もない）

だがその両方を一度に解決する、天才的な方法をひらめいた。

（それは――レンタル彼氏になることだ！）


「はい立ちました」


『死亡』の小旗を振り、フラグちゃんが現れた。

「え、フラグちゃん、おれ死亡フラグなんて立ててた？」

「バリッバリに立てましたよ……モブ男《お》さんがレンタル彼氏って」

レンタル彼氏とは、女性客から指名されて恋人役になり、デートなどをすることだ。

「どちらかといえば、女性にお金払ってデートしてもらう側では」

「君なにげに酷《ひど》いね。一応レンタル彼氏事務所にも登録したんだぜ。ほら」

モブ男がフラグちゃんにスマホを見せる。

事務所のホームページに、彼のプロフィールが載っていた。

〈モブ男〉
仕事：一流外資系《がいしけい》企業
好き：自己鍛錬
特技：五カ国語
休日の過ごし方：乗馬
交際歴：十五人

「誰ですかこれ？　百回くらい転生したモブ男さん？」

おまけに顔写真はとんでもない美形。モブ男の顔とは、あまりにもかけ離れている。

フラグちゃんがそれを指摘《してき》すると、

「軽く加工しただけだよ」

「どれだけモブ男さんを加工したら、こんなイケメンに……」

「同僚の、モテ男《お》の顔を加工したんだけど」

「原材料が違うじゃないですか！」

詐称《さしょう》にもほどがある。

フラグちゃんは画面をまじまじ見て、

「それに……交際歴十五人？　モブ男さん彼女いない歴＝《イコール》年齢でしょ？」

「まあそうだけど。ちょっとした水増しだよ」

「水、百%じゃないですか……」

そのとき、インターホンが鳴った。宅配便だ。

送られてきた段ボール箱をあけると、十数冊の漫画が入っている。

タイトルは『彼氏、お借りします』――レンタル彼氏とその客から始まる恋を描いた、大ヒット作品だ。

「モブ男《お》さんが買ったんですか？」

「いや、でも『資料だから熟読《じゆくどく》するように』という紙が一緒に入ってる。きっと、レンタル彼氏事務所からじゃないかな。ありがたく参考にさせてもらおう」

モブ男は『彼氏、お借りします』を読み、ハマッた。


数日後、レンタル彼氏事務所からメールが来た。

「お、俺への指名が入った。がんばるぞ」

モブ男は鼻息荒《あら》く出かけていく。フラグちゃんもついていった。

待ち合わせ場所の公園にいくと、モブ男好みの、巨乳美女がいるではないか。

トゥンク……とモブ男の胸が高鳴った。脳裏によぎるのは『彼氏、お借りします』で描《えが》かれた、めくるめく恋愛劇。

「も、もしかして今から熱い恋が始まるんじゃないか？」

「立っちゃった！」


失恋フラグが現れた。

「顧客《こきやく》に恋するのは失恋フラグよ！」

「そんなことないさ。ソースは漫画」

ガバガバの根拠《こんきよ》を支えに、モブ男は巨乳美女へ挨拶した。

「はじめまして！　モブ男でっす！」

「チェンジ」

「……」

美女は帰っていった。

そして失恋フラグが鼻を鳴らして、

「はい五回目の回収。フラグ回収勝負は、アタシの勝ちね」

電光石火《でんこうせつか》の決着に、フラグちゃんが呆然《ぼうぜん》としていると、

「あの漫画を送ったのはアタシよ。モブくんが『レンタル彼氏の仕事で出逢《であ》う女性』に期待を膨《ふく》らませ、失恋フラグを立てるよう仕向けたの――フラグ回収には準備も大事なのよ」

うつむいて、唇をかみしめるフラグちゃん。

失恋フラグは胸を大きく反らして、高笑いする。

「ふふん、所詮《しょせん》落ちこぼれのアンタが、アタシに勝てるはずないってこと。アタシがモブくんと『理想の仮想世界』でデートするのを、指をくわえて見ていることね！」

「……」

（い、言い過ぎたかしら。落ち込ませちゃったかな？）

根が善人なので、焦《あせ》る失恋フラグ。

一方フラグちゃんは、敗北をこう受け止めていた。

（悔しいです。でも……）

何度か死亡フラグ回収はできたのだ。全く成長できていないわけではない。

（気を取り直して、これからも練習を続けなきゃ）

改めて、そう決意した。

――一方、モブ男《お》の仕事・レンタル彼氏はというと。

それからも何度か指名を受けたが『顔が生理的に無理』『服装が無理』『全てが無理』などの理由でことごとくチェンジ。

五十連敗もしたときには、モブ男のメンタルはボロボロになっていた。

「ちくしょー！　俺のどこが悪いっていうんだ！」

「まず、プロフィールの詐称《さしょう》が一番よくないですよ」

フラグちゃんの言うとおりであろう。モブ男はプロフィールを訂正《ていせい》した。

〈モブ男〉
仕事：ニート
好きなもの：巨乳
特技：すれちがった女性のカップ数を当てること
休日の過ごし方：集めたエロ画像を、ジャンルごとに整理する

顔写真も、素《す》のモブ男のものを使う。

「本当の俺を愛してくれる人が、きっといるよね」

そして、一度も指名が来なくなった。

モブ男が所属しているレンタル彼氏の事務所は歩合制《ぶあいせい》。人気が出ればレンタル料金が上がるシステムだ。同僚のモテ男《お》は一時間七千円だが……モブ男は驚異《きょうい》の一時間十円。それでも客が入らない。

だがある日、なんと予約が入った。

モブ男が約束の駅前へ向かうと、人だかりができている。誰かが注目を集めているようだ。


「あの子可愛《かわい》い」「でも髪の色すごいね。海外のモデルさんとか？」

「隣の子もよく見ると可愛いぞ。Tシャツは変だけど」


（『隣の子』？　二人いるのか？）

モブ男が人《ひと》だかりの中を見ると、なんと失恋フラグ――それにフラグちゃんがいた。

「あ、モブくーん！」

失恋フラグが背伸びし、手をぶんぶん振ってくる。

「え、もしかして依頼者って……失恋フラグちゃん!?」

モブ男は驚いた。

でもフラグちゃんもいるのは、どういうわけだろう。

フラグちゃんは頬《ほお》を染めながら、目をそらし、

「わ、私も依頼者です。モブ男さんがあまりにも気の毒だったので」

「依頼がかぶったのか。そういう時は、順番にデートするはずだけど……」

「アタシが『同時でもいい』って言ったのよ。№２６９に、フラグ回収だけでなく、デートでも格の差を見せつけるためにね」

むむむ、とフラグちゃんが唸《うな》る。

モブ男は二人と歩き出した。

すると周囲の人々が、ひそひそと、

「なんであんなモブ顔が、可愛い子を二人も連れまわせるんだ？」

「きっとアレだろ。レンタル彼女だろ」

モブ男の方が利用者扱いされている。

基本的にレンタル彼氏は、女性側が行き先を決めるものだ。なのでモブ男は尋ねた。

「これから、どこにいくの？」

「デートの定番——遊園地よ！」

失恋フラグが拳《こぶし》をつきあげた。フラグちゃんも異存《いぞん》はないようだ。

■遊園地

三人は電車とバスに乗り、遊園地にやってきた。沢山の客で賑《にぎ》わっている。

フラグちゃんが両手を組み、金色《こんじき》の瞳を輝かせる。

「遊園地ってはじめてです……！　前から来たいと思っていました」

「そうなんだ」

「『歩く死亡フラグ』こと名探偵コ◯ンさんが、小さくなる薬を飲まされた施設ですね」

「遊園地といえばそれなの？」

落ちこぼれの死神ゆえ『歩く死亡フラグ』をリスペクトしているのかもしれない。

どう遊ぶか、話し合った結果……

三人が交代で、アトラクションを選ぶことになった。

じゃんけんで一番になったフラグちゃんが指さしたのは、『スプライトマウンテン』。水の上を疾走《しっそう》するジェットコースターだ。かなりの行列ができている。

「あそこに行きましょう」


（立っちゃった！）


失恋フラグは、口元に手を当てて笑う。

（行列に並ぶのは失恋フラグよ！　待ち時間にうんざりしたモブくんに『なんでこのアトラクション選んだの』って、嫌われるといいわ！）

だがむしろ、モブ男《お》は待ち時間を楽しんでいた。『スプライトマウンテン』を終えた女性客をガン見している。みな水しぶきがかかったのか、びしょ濡《ぬ》れだった。

「むふふ、濡《ぬ》れ透《す》けの女性達《たち》が見放題《みほうだい》」

「……モブ男さんが所属する、レンタル彼氏事務所のレビューに、今の言動《げんどう》を書き込みます」

「か、勘弁してよー！」

フラグちゃんにすがりつくモブ男。傍目《はため》には、仲睦《むつ》まじいカップルにも見える。

「なんか想定と違う……ぴえん」

三人で『スプライトマウンテン』に乗ったあと、失恋フラグは次のアトラクションを選んだ。

「次はあそこよ、お化け屋敷」

「わかりました。では三人で……」

失恋フラグは、お化け屋敷の看板を指さす。そこには『ご入場はお二人ずつ』とある。

「悪いね死亡フラグ。ここは二人用なんだ」

「ぐぬぬ。の○太をハブるス○夫のようなことを言って」

失恋フラグは鼻歌まじりに、モブ男とお化け屋敷に入る。

お化けが出たので、お約束通り抱きついた。

「きゃー、モブくん、お化け！」

「失恋フラグちゃん、離れてくれ」

冷静に断られ、涙目になる失恋フラグ。

「ぴえん……アタシのこと嫌いなの？」

「いや、おさわりには五千円必要なんだ。ちなみにツーショット写真は三千円」

オプション料金だった。

それならばと失恋フラグは二十万円払い、モブ男《お》にくっついたり、そのまま連射で自撮りしまくったりする。破産しそうな勢いだ。

大儲《おおもう》けしたモブ男は、ご機嫌でお化け屋敷からでる。

「いやぁ最高だった」

「そんなに、失恋フラグさんと一緒で楽しかったんですか」

悲しげなフラグちゃん。だが、ご機嫌の理由を聞くとホッとした様子。

失恋フラグは高笑いした。

「ふふん。悔しかったらアンタも、オプションを頼むことね！」

「ただの養分なのに、なにマウントとってるんですか……」

「だ、誰が養分よー！」

額をくっつけあい、にらみ合う二人。

モブ男は空気を変えるべく、小さな劇場を指さした。

「次はあそこ行かない？」

happy life.

劇場に入る。他の客はほとんど親子連れだ。ステージにはこの遊園地のマスコットの着ぐるみがいる。

『みんなこんにちはー。ニャッフィーだよ。そこの一番前のお客さん、今日はどうしてこのランドに？』

「家にいてもやること無いし」

『暇人《ひまじん》なんだねー』

笑いが起こる。どうやら、客いじり系のアトラクションのようだ。

モブ男《お》たち三人が着席すると、ニャッフィーがこちらを向いて、

『そこの左右で髪の色が違うお嬢さん』

「ア、アタシっ？」

失恋フラグが己《おのれ》を指さす。

『お名前は？　それに、今日はどこから来たの？』

「アタシは死神No.51。地上のはるか上にある、天界から来たわ！」

『……あはは、おもしろーい』

他の客からも失笑《しっしょう》が起きた。

失恋フラグは涙目になり、モブ男を見上げる。

「な、なんか滑《すべ》ったみたいな感じにされたんですけど!?」

まあ仕方ない。

ニャッフィーが続いて、フラグちゃんを指さす。

「じゃあ死神No.51ちゃんから、男ひとり挟んで黒髪の子」

「わ、わたしですかっ」

「そうそう。隣にいるのは彼氏かな？」

フラグちゃんは真っ赤になり、両手を車のワイパーのように振った。

「か、彼氏なんかじゃないです――レンタル彼氏です！」

『レ、レンタル？』

「はい。一時間あたり十円のド底辺レンタル彼氏です！　全く指名がとれていなかったので、可哀想《かわいそう》でつい！」

『……』

会場がざわつく。親子連れの親の方は、気まずそうな顔をしていた。

失恋フラグが鼻を鳴らす。

「ふん、私は可哀想だからじゃなく、モブくんだから指名したんだもんね！」

モブ男に五千円握らせ、その腕にしがみつく。

「ねー、モブくんっ」

「ありがとう、太客《ふときやく》さん……」

「太客《ふときゃく》!?」

失恋フラグが、ぴえんする。

ニャッフィーは他の客に質問を始めた。

▶天界

一方その頃、天界。

死神No.1は死神寮の自室で、パソコン画面を通して、フラグちゃんを見つめていた。失恋フラグと賑《にぎ》やかにやりあっている。

「楽しそうですね」

続いてNo.1は、モブ男《お》に目を移す。

死神No.269にとって、モブ男は心の支え……そして仮想世界での特訓こそ、神様との繋《つな》がり。

「ならばそれを、絶《た》ってあげます」

No.1は仮想世界のプログラムにアクセスし、キーボードをたたき始めた。

(これで神様の『今までにいない優しい死神を育てる』という計画も、終りです)

髑髏《どくろ》の仮面の下で、歪《ゆが》んだ笑みを浮かべる。

（そうすれば神様はきっと、私を見てくれるはず——）

⚑

遊園地で遊び終えた三人は、バスに乗る。

フラグちゃんと失恋フラグが座席にすわり、モブ男はつり革に掴《つか》まる。しばらく走っていると……

乗客の一人が、鞄《かばん》から拳銃のようなものを取り出した。

「このバスは俺が乗っ取った！」

乗客たちは混乱した。

男は運転手に銃をつきつけ、行き先の変更などの指示を出す。

緊張が高まる車内で……モブ男はへらへらと笑い、男に近づいていく。

「おいおい、どうせそんな銃オモチャだろ？」

「立ちました！」

フラグちゃんが『死亡』の小旗をかかげた。

「武器を指さして『どうせニセモノだろ』とか言うのは、死亡フラグです！」

案《あん》の定《じょう》。

バスジャック犯はモブ男《お》に拳銃を向け、引き金に指をかけた。

発射の瞬間――

「うわっと」

バスが揺れ、モブ男は体勢をくずした。それにより銃弾は外れた。

それだけでなく、モブ男の頭がたまたま犯人の顔面にヒットし、気絶させる。

乗客の拍手に包まれるモブ男。失恋フラグも「モブくん素敵！」と黄色い声を上げている。

（え？）

一方、フラグちゃんは呆然《ぼうぜん》としていた。

（モブ男さん、死亡フラグを、あっという間に自分で消しちゃった……）

今までモブ男は、死亡フラグを消すため悪戦苦闘《あくせんくとう》していた。その姿に絆《ほだ》され、フラグちゃんは助けたりしていたのだが。

これまでなかった流れに、フラグちゃんは胸騒《むなさわ》ぎをおぼえた。

八話　クラッシャー

それからも、仮想世界での異変は続いた。

モブ男は死亡フラグを立てはする。だが、すぐに自分でへし折ってしまうのだ。

たとえば、戦場が舞台の仮想世界で、モブ男がこんなことを言う。

「俺、故郷に帰ったら結婚するんだ」

「立ちました！」

フラグちゃんが『死亡』の小旗をかかげる。

「帰ったら幸せが待ってるのは、死亡フラ……」

「まず彼女を作るところから始めないといけないけどね」

モブ男が死亡フラグをへし折る。

別の仮想世界——モブ男が老刑事となり、殺人犯を追っている状況では。

「俺も、もうすぐ定年だからな。それまでにこの殺人犯を捕まえたいんだ」

「立ちました！　定年をほのめかす老刑事は、殉職《じゅんしょく》フラグですよ！」

「まあ定年すぎてからも、この警察署に再雇用《さいこよう》されて、嘱託《しょくたく》で働くことになってるんだけどね」

などと言って、立てた死亡フラグをすぐに折る。

モブ男《お》は死亡フラグを回収するための練習台なのだ。これではフラグちゃんの特訓にならない。

（なにより、モブ男さんの様子がおかしいのが心配です）

不安を抱《いだ》きながら天界へ戻るフラグちゃん。そこへ、生存フラグが提案した。

「神に相談してみたらどうじゃ？　仮想世界はヤツがつくったものだし」

「確かにそうですね」

フラグちゃんは生存フラグとともに、神様のもとへ向かう。おそらく謁見《えっけん》の間にいるはずだ。

「ボクもいこっと。面白そうだし」

「あ、待ってよ。れんれ～ん」

恋愛フラグ、失恋フラグもついてきた。

謁見の間で、神様に経緯《けいい》を話す。

「ふむ……僕も、最近のモブ男の動きはおかしいと思っていたんだ。詳しく調べてみよう」

神様は空中にディスプレイとキーボードを表示し、調査をはじめた。その姿は熟練《じゅくれん》の職人のようで、大いに頼りがいがある。

一時間ほどして、口元に手を当てながら、

「ふむ……」

「な、なにかわかりましたか」

「わかんない☆」

生存フラグが、神様を玉座ごとバックドロップした。

「キサマそれでも、仮想世界の設計者か？」

「た、確かにそうだけど――実は仮想世界のシステムは、僕以外にもうひとり、設計者がいるんだよ」

えっ、とフラグちゃんは神様を助け起こしながら、

「それは誰ですか？」

「『死神No.1』さ」

フラグちゃんは、金色《こんじき》の瞳を見開《みひら》く。

（あのNo.13さんをも上まわる、天界で最も優秀な死神……！）

落ちこぼれのフラグちゃんにとって、まさに雲の上の存在である。

「死神No.１に『No.２６９の練習のための世界を作りたい』って相談したんだ。そしたら快《こころよ》く引き受けてくれてね」

「そ、そうだったんですか」

「というか死神№1が優秀すぎてね、システムの開発をほとんど一人でやってくれちゃったんだよ」

神様の口調は、可愛《かわい》い娘の自慢話をするかのようだ。

生存フラグが顔をしかめて、

「部下に仕事を丸投げとは、いいご身分じゃな」

「と、というわけで死神№1に相談してみよう。きっと解決策を考えてくれるはずだ」

神様はスマホで連絡する。

それからまもなく……甲冑《かっちゅう》姿の死神が、謁見《えっけん》の間に入ってきた。

(なんて迫力)(こやつが、天界の頂点に君臨する死神……!)

フラグちゃん、それに生存フラグでさえも、死神№1に畏怖《いふ》の念を抱いた。

巨躯《きょく》や髑髏《どくろ》の仮面だけが、その理由ではない。全身から、強者のオーラのようなものが滲《にじ》み出ている。

「やぁ、急に呼び出してすまないね、死神№1」

「神様のご命令ならいつでも。ところでなんのご用でしょうか」

変声機を使っているような、やや不気味な声だ。

「実は例のトレーニングシステムに、問題が起きていてね。『モブ男《お》』の調子がどうもおかしいんだ」

「モブ男……？」

No.1は間をおいて、

「ああ、あの仮想世界のメインプログラムのことですね」

「うん。立てた死亡フラグを、自《みずか》らすぐに折ってしまうんだよ。君ならなんとかできると思ってね」

「お任せ下さい。必ずや今回も、お役に立ってみせます」

「あぁ、君はなんて頼もしいんだ」

No.1は、どことなく嬉《うれ》しそうだ。

フラグちゃんは深々と頭を下げる。

「よろしくお願いします！　死神No.1さん」

「……はい」

No.1は手をかざし、ディスプレイを空中に表示させた。ソースコードのようなものが、ものすごい速さで表示されていく。

「原因がわかりました」

「えっ、もうかい⁉」

驚く神様。

No.1が画面にタッチしながら、

「『モブ男《お》』にエラーが発生しているようですね」

「エラー……」

不安げに呟《つぶや》くフラグちゃんを、No.1が見下ろす。

「そのエラーにより、『モブ男』は『死亡フラグクラッシャー』と化しています」


「ど、どういうことですか？」

「死亡フラグを立てても、すぐ自分でへし折ってしまう者のことです。ですから……」

フラグちゃんの心に、刻み込むように告げる。

「モブ男はもう、死亡フラグ回収の――つまりあなたの練習台としては、機能しません」

「え……」

フラグちゃんは殴られたように、ふらついた。

だがすぐに、No.1の甲冑《かっちゅう》にすがりつく。

「な、治す方法はないんですかっ？」

「私にはわかりません。ただ――」

生存フラグ、恋愛フラグ、失恋フラグに視線を移す。

「モブ男は他のフラグ……生存フラグ、恋愛フラグ、失恋フラグはクラッシュしないようです。だからあなた方は、今まで通り修行に使えます」

恋愛フラグは冷や汗を垂らした。

（いやいや、そんなこと言われても……）

フラグちゃんとモブ男という最高のオモチャ。しかもそこに失恋フラグが加わって、更に楽しくなった。

だがモブ男が、死亡フラグの練習台として機能しないということは、つまり。

死神№1はフラグちゃんの両肩を押して、距離を取る。

「結論として――№269。あなたが仮想世界に行く意味はなくなりました」

「！」

「これからは仕事を通して、フラグ回収の腕を磨くといいでしょう」

フラグちゃんの心が、一気に冷えていく。

彼女は落ちこぼれの死神。仕事では上手《うま》くいかず、同僚からは馬鹿にされ続けてきた。

プライベートでも、ひとりぼっちだった。

（でも）

仮想世界の訓練で、さまざまなものを得た。

生存フラグ、恋愛フラグという友人。神様や№13との交流。失恋フラグとのライバル関係。そして何より——

（モブ男《お》さんに、二度と会えない？）

体から力が抜け、フラグちゃんは尻餅《しりもち》をついた。生存フラグが慌てて介抱《かいほう》にかかる。

それを無言で、死神№1が見下ろしている。

死亡

九話　仮想世界へ行けなくなったらどうなるのか？

フラグちゃんの生活は大きく変わった。

今までは仮想世界での訓練がメインだったが、死亡フラグ回収の練習にならない以上、行っても無意味。

なので死神の通常業務である、人間界での死亡フラグの回収をするのだが……

（また駄目でした）

さきほど転送装置で人間界から帰還したが、表情は暗い。死亡フラグが立った人間の命を奪えなかったのだ。

（こんなことじゃダメです。頑張らないとっ）

彼女なりに一生懸命やってはいる。だがそれが『力み《りき》』につながり、結果的に失敗してしまう。

なにより突然モブ男《お》に会えなくなったことで、メンタルが不安定になったのも大きかった。

同僚の死神たちが、聞こえよがしに笑う。

「死神№２６９、また回収できなかったんだー」

「賭けしようよ。どこまで失敗記録伸ばすのか」

「だめだめ成立しないよ。みんな『ずっと失敗』に賭けるもの」

それらの言葉が、フラグちゃんの心に突き刺さる。

そのとき、№13がぴしりと言った。

「陰口を言うヒマがあれば、仕事をして下さい」

意地悪な死神たちは、弾《はじ》かれたように散《ち》り散《ぢ》りになる。

しばらくして、業務時間が終わった。

仕事からの解放感で盛り上がる同僚たちをよそに、フラグちゃんはひとり、死神寮の自室へ。

「ジー」

寄ってきたコンソメ丸を、抱き上げた。

ベッドに横たわり、ぼんやりと天井《てんじょう》を見上げる。生存フラグ、恋愛フラグ、失恋フラグ、それに神様と会うことも、めっきり少なくなってしまった。

（……それにモブ男さんは、今頃どうしているでしょうか）

「ジー……」

主《あるじ》を心配するように、コンソメ丸は頰《ほお》をなめてくれた。

⚑

対照的に、死神№1は晴れやかな気持ちで謁見《えっけん》の間へ向かっていた。邪魔者を排除《はいじょ》できた喜びで、思わずスキップしてしまう。

(……おっといけません。こんな振る舞いでは、威厳《いげん》が失われます)

己《おのれ》をいましめて、悠然《ゆうぜん》と歩く。すれ違う天使や死神が、圧倒されたように廊下の端へ寄った。

大扉をあけ、謁見の間へ入る。

(神様っ――)

だが神様はこちらに気づきもしない。空中に表示させたディスプレイを、険しい表情で見つめている。

どうやら、モブ男《お》のエラーの解決方法を探しているようだ。ろくに眠っていないのか、目の下にはクマも見える。

「神様」

「ああ死神No.1。今ちょっと手が離せなくて。急用でないなら、後にしてくれるかな」

（……また、No.269のためにですか）

No.1は奥歯をかみしめた。あの落ちこぼれは、どこまで自分の邪魔をするのか。

神様は、まだNo.269を『今までにいない優しい死神』にするのを諦《あきら》めていない。

（……こうなったら、キッチリ引導《いんどう》を渡してあげます）

No.269に一度だけ機会を与え、その無様《ぶざま》な姿を神様に見せる。

そうすれば神様は、本当に見限るだろう。そして今度こそ、自分を見てくれるだろう。

「神様、私もお手伝いしましょう」

「君は本当に頼りになるね。ありがとう」

No.1の暗い情念《じょうねん》も知らず、神様は笑った。


話は再びフラグちゃんに戻る。失敗続きの仕事が、一週間ほど続いた頃……

業務時間の終わりに生存フラグがやってきた。

「No.269、神のやつが呼んでおる。来るが良い」

ほかの死神たちが、せせら笑った。

「あまりに無能だから、ついに呼び出し？」「今度こそ消滅させられるんじゃないの」

生存フラグは何もいわず歩いて行く。フラグちゃんは慌てて後を追う。その後ろ姿をNo.13が見つめていた。

「生存フラグさん、神様はなんのご用なのでしょうか」

「直接きくがいい」

謁見《えっけん》の間へ到着すると、少しやつれた様子の神様が迎えてくれた。隣にはNo.1もいる。

「やあ、死神No.２６９」

いったいどうしたのだろう、とフラグちゃんが思っていると、

「『死亡フラグクラッシャー』と化した、モブ男《お》を治す方法をみつけたよ」

「えっ！」

暗く沈《しず》んでいた心に、光がさしたようだった。

神様は苦笑して、

「……とは言っても、僕は無駄にあがいただけ。見つけてくれたのは死神No.１だ。ここからは彼女が説明する」

No.１が甲冑《かっちゅう》を鳴らし、一歩前に出た。

「モブ男のエラーを直す方法――それは、彼の死亡フラグを回収することです」

「⁇」

モブ男は死亡フラグをすぐに折る。なのにそれを回収すればいいとはどういうことか。

「モブ男がへし折るよりも先に、№２６９が回収するのです」

神様が補足《ほそく》した。

「たとえばだね——君がモブ男に、矢継《やつ》ぎ早《ばや》に死亡フラグを立てる。今のモブ男だって、その全てを折るには苦戦するだろう。そうすればいつかは、回収できるかもしれない」

そして№１が言う。

「あなたが一度でも、モブ男の死亡フラグを回収すれば、今のエラーは治るようです。そうすれば、今までのように仮想世界で特訓できるはずです」

それはまさに、福音《ふくいん》だった。

でも……

（私に、できるでしょうか）

いうまでもなく、フラグちゃんは落ちこぼれの死神。失恋フラグとのフラグ回収勝負でも、負けてしまった。

「おい——」

迷うフラグちゃんを見て、生存フラグが何か言おうとした。

だが神様は、手でそれを制した。フラグちゃんが、自《みずか》ら立ち上がるのを待っているかのように。

そして彼女は、期待通りこういった。

「やります！　モブ男《お》さんの死亡フラグを、回収してみせます！」

「そう来なくちゃね」

神様は笑顔でうなずき、

「では今回は、君のリクエスト通りに仮想世界を作りたいと思う。モブ男に死亡フラグが立ちやすい世界を、考えてみてくれ」

ふとフラグちゃんの脳裏に、失恋フラグの言葉がよみがえった。

『フラグ回収には準備も大事なのよ』

（そうだ。しっかり考えて、準備しなくちゃ）

フラグちゃんは五分ほど頭をひねり、ある仮想世界をリクエストした。

神様はうなずき、設定をはじめる。

大鎌を磨いて準備するフラグちゃんに、生存フラグが声をかけた。

「しっかりやれ。今までの仮想世界での特訓を思い出せ」

「ありがとうございます、やっぱりあなたは優しいですね」

「勘違いするな。死亡フラグであるキサマがいないと、生存フラグであるわしの訓練にならんということじゃ」

そのとき、イタズラっぽい声がした。

「さすがせーちゃん。相変わらずのツンデレぶりだね」

円柱《えんちゅう》の陰から出てきたのは……恋愛フラグと、失恋フラグだ。

「がんばってね。しーちゃんがいないと、面白くないからね」

はい、とフラグちゃんは言ったあと。

意外な思いで、オッドアイの死神を見つめた。

「失恋フラグさん、あなたまで」

「勘違いしないで。アンタのことは好きでもないし、恋敵《こいがたき》が消えてホッとしてたの」

でも、と失恋フラグは睨《にら》んできて、

「モブくんをめぐる争いがうやむやになるのは、納得いかない。だから今回だけは、応援してやるんだから！」

フラグちゃんは感謝をこめて、うなずいた。

神様がキーボードを叩《たた》きながら、

「№13も、僕に頼みにきていたんだよ。『№２６９が、また仮想世界で訓練できるようにしてください』と」

（No.13さん……！）

フラグちゃんは深く感謝した。

（みなさんの想《おも》いに応えるためにも、かならず成功させてみせます）

決意を固めるフラグちゃんに、友人二人とライバルが声をかける。

「仕方ないから、わしらも仮想世界へついていってやる」

「そうそう。大船に乗ったつもりでいてよ」

「今回だけは死亡フラグ回収を手伝ってや……」

その流れを断ち切るように、No.１の声がした。

「待つのです。仮想世界へはNo.２６９ひとりで行きなさい」

「な、なぜじゃ」

「忘れたのですか？　仮想世界はそもそも、フラグ回収のための訓練装置。今回のピンチこそ、No.２６９を成長させる良い機会とは想いませんか？」

生存フラグは押し黙った。正論に言い返せない。

No.１はフラグちゃんを見下ろし、

「それにNo.２６９」

「は、はい」

「これから行く仮想世界でモブ男《お》の死亡フラグを回収できなければ、二度と仮想世界に入ることは許しません」

生存フラグが食ってかかった。

「な、なぜキサマがそんなことを言う」

「今回の事件では、№２６９のために神様がかなりの労力を割《さ》いています。神様は全てのフラグに対して平等でいるのが原則。えこひいきは許されません」

これも正論だ。いち死神にすぎないフラグちゃんに、神様はありえないほどの労力をかけている。

神様が何も言わないところをみると、すでに納得済みなのだろう。

（……。…………）

フラグちゃんは不安げに、金色《こんじき》の瞳を揺らしたが。

覚悟を決めた口調で告げる。

「……わかりました。今回失敗したら、二度と仮想世界へは行きません」

№１は、なぜか満足そうにうなずいた。

そして神様がキーボードをたたき終える。

「よし、準備は終わった。行っておいで」

「はい」

フラグちゃんは大鎌を握《にぎ》りしめ、ひとり仮想世界の扉へ向かっていく。

(今度こそ、これまでの訓練の成果を出すんだ)

十話　落ちこぼれの死神はどうするのか？

フラグちゃんは一人、仮想世界に下り立った。

（ここは……）

洋館の庭だ。立派な石像が置かれているが、草木は手入れもされておらず荒れ放題。

庭の外にはうっそうとした森が広がっている。どうやらこれは……

「私のリクエスト通り、ホラーものの仮想世界のようですね」

フラグちゃんが神様に感謝したとき。

複数の明かりが、こちらへ近づいてきた。その先頭にいるのは――懐中電灯を持ったモブ男《お》。

「あっ、フラグちゃん！」

久しぶりに会う想《おも》い人に、フラグちゃんの胸が温かくなる。

（でも――ドキドキしている場合じゃないです）

モブ男に死亡フラグを立て、それを回収しなければならない。

「こんな場所へ、何しにきたんですか？」

「モブ美《み》、知り合いのイケ男《お》、その彼女のギャル美《み》とドライブしてたら、エンジントラブルが起きてしまったんだ……しかし不気味な洋館だね」

モブ男《お》は鼻の下を伸ばし、

「モブ美がビビって抱きついてきたら、巨乳が当たるかもしれない。ぐふふ」

フラグちゃんは『死亡』の小旗を立てた。

「立ちました！　ホラーものでクズは真っ先に死に、惨劇《さんげき》の幕開けを飾るものです」

「酷《ひど》くない？」

ともあれ、この死亡フラグが回収できればモブ男は元通りになる。

そのとき派手な外見の女が口を開く。彼女がギャル美だろう。

「ちょっとモブ男、なに一人でブツブツ言ってんの？　キモいんだけど」

いまフラグちゃんは、モブ男以外からは見えないようにしていた。

ギャル美は煙草《たばこ》を庭に吐き捨て、

「あんた洋館のなかを見てきなよ。お前みたいなモブ、パシリになるくらいしか使い道が

――ぎゃあああ!!」

庭の石像が倒れ、ギャル美を圧殺《あっさつ》した。

モブ男を上まわる『クズ』がいたため、そちらの死が優先されたようだ。

（……モブ男さんの死亡フラグが、消えてしまいました）

これが死亡フラグクラッシャーの力。

モブ男、モブ美、イケ男はギャル美の死を嘆《なげ》いた。そしていよいよ、洋館へ足を踏み入れようとしたが……

「ちょっと俺、その前におしっこ」

モブ男が木陰《こかげ》へ行って小用《しょうよう》をはじめたとき、背後から物音がした。

慌てて振り返ると現れたのは。

「なんだ猫か……」


（立ちました！）

フラグちゃんは『死亡』の小旗を掲げた。

（『なんだ猫か』は死亡フラグ。猫の出現にホッとしたあと、殺人鬼が出てきて殺されるものです）

案《あん》の定《じょう》モブ男の背後から、斧《おの》を持った大男が駆《か》けてきた。仮面をつけていて顔はわからない。

（これで死亡フラグを回収できます）

だが。

さっきの猫が、殺人鬼の前を横切《よこぎ》ろうとする。このままでは蹴り殺されるか、踏み潰されるか……

「っ！」

フラグちゃんは反射的に飛び出し、猫を救い出した。たまたま殺人鬼に体当たりする形となり、吹っ飛ばす。

「ふー、すっきりした」

そんな事があったとも知らず、モブ男《お》はモブ美《み》たちの元へ戻っていった。

無論、死亡フラグは消えている。

（また失敗……やっぱり落ちこぼれの私じゃ……）

うつむいたとき、生存フラグの言葉が頭をよぎった。

『No.２６９を侮辱《ぶじよく》するな。わしは、こいつの成長を――落ちこぼれからの脱却《だつきやく》を信じておる』

（そうだ。こんな私を、信じてくれる人がいるんだ）

まだまだ諦《あきら》めるわけにはいかない。フラグちゃんは顔をあげた。

モブ男、モブ美、イケ男《お》の三人は洋館内に入った。広いエントランスになっており、吹《ふ》き抜《ぬ》けの階段などが見える。

「誰かいませんかー！」

モブ男の声にも、返事はない。

イケ男が暗い表情で言った。

「俺が探索《たんさく》してくる。ちょっと、一人になりたいんだ」

恋人のギャル美《み》を失《うしな》ったのだ。気持ちはわからなくもない。

フラグちゃんは作戦を練る。

（ここで残った二人がイチャイチャすれば、『ホラーものでイチャつくカップルは死ぬ』という死亡フラグが立ちますね）

でもどうすれば、イチャイチャさせられるだろう。

再び、失恋フラグの言葉を思い出す。

『フラグ回収なんて不確定《ふかくてい》要素だらけだわ。何より大事なのは応用力よ』

(応用……)

フラグちゃんは部屋をよく観察。

そしてモブ美《み》の背後の、ツボを落とした。

「きゃっ!?」

モブ美が、モブ男《お》に抱きつく。それからもフラグちゃんは花瓶をたたき壊したり、壁にかけられた絵を落としたりしていった。

(フラグちゃん、なにしてるんだ?)

モブ男にはその姿が見えているので、何も怖くない。だがモブ美は——

「なに!? ポルターガイスト!?」

「大丈夫だよモブ美。なんてことないさ」

「あんた、頼りになるのね……」

頬《ほお》を染めるモブ美。

良いムードになってきた。モブ美はキス待ちなのか、目を閉じる。

「立ちました! ホラーものでエッチなことをするのは、死亡フラグです……」

フラグちゃんは胸のざわめきを押さえ、苦しげに言った。

モブ男とモブ美の唇が重なろうとしたとき……

「……くっさ!!」

モブ美が叫んで、両手で突き放した。

「あんたの口なに？　すごく臭いんだけど。ブタの肛門《こうもん》かなにか？」

どうやらモブ男。キスを前にした極度《きょくど》の緊張で、口臭が強くなってしまったらしい。

「つ、続きをしようよモブ美」

「だから臭いのよ。私から離れなさい！」

モブ男は、またも死亡フラグをクラッシュした。フラグちゃんは唇をかみしめた。

■天界

——天界の謁見《えっけん》の間。

ディスプレイには、フラグちゃんの奮闘《ふんとう》が映っている。

それを神様、№1、生存フラグ、恋愛フラグ、失恋フラグが見つめていた。

№1が、髑髏《どくろ》の仮面の下で嘲笑《ちょうしょう》する。

（ふふふ、いくらやっても無駄ですよ。今のモブ男《お》は死亡フラグクラッシャー。落ちこぼれの死神に、回収できるはずがないのです）

神様は今度こそ、№２６９を見放すだろう。『今までにない、優しい死神』など必要ない。

（ようやく私を、一番に見てくれるかもしれません）

だがそんな期待とは裏腹に——神様は高揚《こうよう》していた。

（死神№２６９……随分《ずいぶん》成長している）

あきらめることなく、周りにあるものを活用して死亡フラグを回収しようとしている。

最初に仮想世界に入ったときとは、大違いだ。

（仮想世界での特訓は、無駄じゃなかったんだ。死神№２６９はきちんと糧《かて》にしている）

フラグちゃんを応援するように、神様は拳《こぶし》を握りしめた。

（もちろん、君が特訓で得たものは、それだけじゃない）

神様の周囲では、生存フラグと失恋フラグが画面に見入り、恋愛フラグは「フレーフレー、しーちゃん！」とポンポンを振り回している。

それからフラグちゃんは。

これまでの仮想世界での経験を総動員して、モブ男に死亡フラグを立てつづけた。

たとえば——洋館の廊下に姿見《すがたみ》を設置する。

それを見たモブ男が、

「ん？　ずいぶん大きな鏡だな」

「立ちました！　ホラーにおいて鏡を見るのは死亡フラグ。背後にいる殺人鬼と目があって殺されるのがお約束です」

「なんて俺はイケメンなんだ……」

モブ男は自分にうっとりした。

そのため背後に現れた殺人鬼と、いつまでも目が合わない。死亡フラグは折れてしまった。

続いてモブ男は殺人鬼に迫われ、洋館の地下に逃げ込んだ。

そこには場違《ばちが》いなほど近代的な施設があった。巨大ビーカーに入った不気味な生物、実験器具……

ここでフラグちゃんは、モブ男に『真相につながる手がかり』を発見させた。

研究資料、それに白衣をまとったイケ男《お》の写真。どうやら彼は、ここの研究員だったようだ。

「これは、生物実験の記録？　殺人鬼はこの結果生み出されたもの？　もしかしたら、黒幕は――」

「立ちました！　モブがいち早く犯人の正体に気付くのは死亡フラグ。殺されてしまうのがオチです」

案《あん》の定《じょう》、モブ男《お》を殺人鬼が襲う。

彼は研究所内を逃げ回りながら、

（こんなところで死んでたまるか。なぜなら――――）

モブ男は『恐ろしく長い回想』に入った。

ピンチで長い回想に入ると、だいたい生き残る。

モブ男の死亡フラグはまたしても消えた。

⚑

（……また、ダメでした）

フラグちゃんは疲労していた。いくら死亡フラグを立てても、モブ男はことごとく折ってしまう。

まさに鉄壁《てっぺき》。

くじけそうな心を支えてくれたのは、尊敬する№13の言葉だ。

『大事なのは、最後まで諦《あきら》めないことです』

（そうです。諦めるわけにはいきません）

神様は落ちこぼれである自分に、目をかけてくれた。

生存フラグ、恋愛フラグ、失恋フラグ、№13は、自分を応援してくれている。

そしてモブ男との、かけがえのない時間を守るために。

今こそ壁を越《こ》えなくてはならない。

一方モブ男はいよいよ、事件の黒幕――イケ男と対峙《たいじ》した。

この施設は、大手製薬会社が秘密裏《ひみつり》に運営する研究所。ウイルスを活用した生物兵器が開発されていた。

イケ男は壊れた笑みを浮かべて、

「モブ男《お》、モブ美《み》。完全に俺の計算違いだったよ。モブであるお前らが、ここまで生き残るとはな」

イケ男は研究所の幹部。生物兵器の実験台としてモブ男、モブ美、ギャル美《み》を連れてきたのだ。

この施設には、大物政治家と繋《つな》がる証拠もあった。これを公開したら、日本がひっくり返るだろう。

モブ美が言った。

「もうやめましょうイケ男。おとなしく掴《つか》まって、法の裁きを……」

「冗談じゃねえ」

イケ男は壁の赤いスイッチを押した。サイレンと、警告の音声が響《ひび》きわたる。

『爆破装置が起動しました。十分後にこの研究所は消滅します。職員はただちに待避して下さい』

重要な証拠、それにウイルス……全てを無に帰《き》すための、爆発フラグは十分に立っていた。

「これで俺の出世もおしまいだ。殺してやるよ！」

ナイフを振りかざすイケ男。

モブ男はモブ美をかばいながら、言い放った。

「ここは俺に任せて先に行け！」

(立ちました！)

『ここは俺に任せて先に行け！』は死亡フラグ。

おまけに爆発のカウントダウンは刻まれ続けている。

いくらモブ男が死亡フラグクラッシャーでも、二つ同時の死亡フラグをかわすのは難しい。

これがフラグちゃんの、最後の手であった。

⚑

天界・謁見《えつけん》の間。

「おお……！」

ディスプレイを見ていた生存フラグが、珍しく歓声《かんせい》をあげた。

失恋フラグが胸を張ってドヤる。

「ふん、アタシとモブくんを取り合うんだから、これくらいやって当然よ！　ねえ、れんれん」

「あーはいはい。いいぞー、しーちゃーん！」

恋愛フラグは生返事《なまへんじ》しながら、ポンポンを振りまわす。

そして神様は、No.13の言葉を思い出していた。


「No.269はあまりにも優しすぎ、それが成長を妨《さまた》げています。ただ……『優しさを上まわる感情』が芽生《めば》えれば、殻《から》を破れるかも」


（これが、そうか）

フラグちゃんの原動力はモブ男《お》への愛情、そして皆からの信頼に応えようとする気持ち。

「今こそ殻を破るのだよ、No.２６９」

その呟《つぶや》きは、No.１の耳にも届いた。

（落ちこぼれのくせに粘りますね、忌々《いまいま》しい……！）

No.１は神様たちに背を向け、こっそりとノートパソコンを操作した。仮想世界に干渉《かんしょう》するのだ。

（モブ男の死亡フラグを、回収させないためには――）

最強の死神としての頭脳が、高速で回転する。


モブ男は、ナイフを構えるイケ男《お》と対峙《たいじ》していたが。

突如《とつじょ》イケ男が懐に手を突っ込み、注射器を取り出した。

「？」

それを己《おのれ》の腕に刺し、中身を注入していく。すると――みるみるうちに身体《からだ》が膨《ふく》れ上がり、服がはじけとぶ。巨大な怪物となり、高らかに咆哮《ほうこう》した。

「はははは、オレは究極の力を手に入れたぞ！」

（まさか、これは……）

フラグちゃんは嫌な予感がした。

案《あん》の定《じょう》。

イケ男の身体が薬に耐えきれず崩壊していく。『薬剤を自分に打ってパワーアップ』は死亡フラグだ。

息絶えたイケ男《お》に、モブ男《お》は呆然《ぼうぜん》としている。

「……なんだ？　た、助かったのか？」

キョトンとした様子で、逃げていく。爆発まではまだ少し時間がある。脱出はギリギリ可能だろう。

（そんな……！）

フラグちゃんは愕然《がくぜん》とした。

彼女には知るよしもないが、今のイケ男の自滅は№1の干渉《かんしょう》によるものであった。最強の死神たる彼女は、死亡フラグの立て方を誰よりも熟知《じゅくち》している。

フラグちゃんは気合いを入れ直すため、両頬《りょうほお》を強くたたく。

（まだです、まだ諦《あきら》めません）

モブ男を追いかけようとしたが。


「フラグちゃん！」

モブ男がふたたび現れ、手を掴《つか》まれた。

「何してるんだ。早く逃げよう」

「……え？　ど、どうして戻ってきたんですか？　私、爆発くらいじゃ死にませんけど」

「あっ……」

モブ男は大きく口をあけた。

「ま、また忘れてた。君がピンチだと思ったら、身体《からだ》が勝手に動いて……」


『爆発まで、あと一分』


警告音声が響く。もうモブ男の脱出は不可能だろう。

モブ男は顔面蒼白《そうはく》で、床をのたうち回る。

「あぁぁぁああああ!!　俺のアホ！　なんでフラグちゃんはほぼ不死身なのに、いつも助けに来てしまうんだ！」

フラグちゃんは、泣き笑いのような顔になった。

「アホかもしれませんが」

モブ男の側《そば》に膝《ひざ》をついて、優しく言う。

「貴方《あなた》のそういうところ、私、大好きですよ」


『爆発まで、あと十秒』

モブ男《お》は、フラグちゃんへ苦笑を向けた。

「そう言ってくれると、少しは救われるかな」

爆発。

研究所も、モブ男も全てが吹っ飛んでいく。

死亡フラグ回収に成功したのだ。

「ありがとう、モブ男さん」

胸に手を当てて、万感《ばんかん》の思いを込めてこう言う。

「またお会いしましょう」


天界の、謁見《えっけん》の間。

「やりおった」「やったー！」

生存フラグと恋愛フラグは、思わず抱き合った。

「な、仲間はずれにしないでよ、ぴえん」

失恋フラグは涙目になった。そして、画面の中のフラグちゃんを見つめて、

「モブくんといい雰囲気になったのは気にくわないけど……まあほんの少し、ライバルとして認めてあげるわ！」

神様も思わず膝《ひざ》をたたいた。

「No.２６９は死にゆくモブ男《お》に寄り添い、救いとなる言葉をかけた……あれこそ僕が求める、新《あら》たな死神の姿だ」

No.１は歯ぎしりした。No.２６９を追い詰めるつもりが、逆に成長に手をかしてしまうとは……！

激情《げきじょう》を押さえつけ、喉奥《のどおく》から言葉を絞り出す。

「よかったですね、神様」

「ああ、君のおかげだよ！　これでまたNo.２６９は訓練を続けられる」

「……少し疲れましたので、失礼します」

謁見《えっけん》の間から出て、死神寮にある自分の部屋へ。

髑髏《どくろ》の仮面をはずし、ベッドに叩《たた》きつける。甲冑《かっちゅう》が煩《わずら》わしくなり、すべて脱ぎすてた。

すると――フラグちゃんより小柄な、可憐《かれん》な少女が現れた。

身長は百三十cm半《なか》ばくらいだろう。両のこめかみから上に伸びるツノがなければ、百cmもないかもしれない。

体の小ささは彼女にとってコンプレックス——大きな甲冑は誤魔化《ごまか》すためのハリボテのようなもの。普段は中で竹馬を使い、動いているのだ。

（このままでは済ましません。№２６９）

緑柱石《エメラルド》のような瞳に、さらなる憎悪《ぞうお》が燃え上がる。

（今度はモブ男を——あなたの大切なものを、完膚《かんぷ》なきまでに壊してあげます）

あとがき

どうもこんにちは。壱日千次《いちにちせんじ》と申します。

『全力回避フラグちゃん！』のライトノベル三巻を手にとっていただきありがとうございます。

今巻ではライバルも加わり、更にフラグちゃんの周りは賑《にぎ》やかになっていきます。

ＹｏｕＴｕｂｅでの動画同様、お楽しみいただければ嬉《うれ》しいです。


それでは謝辞に移ります。

原作者のｂｉｋｉ様、株式会社Ｐｌｏｔｔ様には、今巻でも様々なアドバイスやご指摘《してき》をいただきました。ありがとうございました。

担当編集のＮ様、Ｓ様も、お力をお貸し頂きありがとうございました。

今回も素晴らしいイラストを書いていただいたさとうぽて先生にも、感謝申し上げます。

それでは、またお会いできれば幸いです。

壱日千次

MF文庫J

全力回避フラグちゃん! 3

2022年7月25日 初版発行
2023年11月15日 7版発行

著者 壱日千次

原作 Plott、biki

発行者 山下直久

発行 株式会社 KADOKAWA
〒102-8177 東京都千代田区富士見2-13-3
0570-002-301(ナビダイヤル)

印刷 株式会社 KADOKAWA

製本 株式会社 KADOKAWA

Printed in Japan ISBN 978-4-04-681583-5 C0193

◆◇◇

【ファンレター、作品のご感想をお待ちしています】
〒102-0071 東京都千代田区富士見2-13-12
株式会社KADOKAWA MF文庫J編集部気付「壱日千次先生」係 「さとうぽて先生」係 「Plott」係 「biki先生」係